天体奥运

你所不知道的古代奥林匹克故事

北京燕山出版社

图书在版编目(CIP)数据

天体奥运 / (美)佩罗蒂提著； 消雪 译.—北京：
北京燕山出版社，2005.8
ISBN 7-5402-0861-9
I.天… II.①佩… ②消… III.奥运会—历史
IV.G811.219

中国版本图书馆CIP数据核字(2005)第 099526 号

天体奥运

作　　者 [美]托尼·佩罗蒂提
译　　者 消　雪
责任编辑 杨燕君　陈　果　于世华
装帧设计 红蚂蚁设计工作室
出版发行 北京燕山出版社
社　　址 北京市灯市口大街100号　**邮政编码** 100006
电话传真 86-10-88552151 (发行部)　86-10-65240430 (总编室)
经　　销 全国新华书店
印　　刷 北京佳信达艺术印刷有限公司
开　　本 787×960毫米　1/16　**字数** 180 千字　11 印张
版　　次 2005年9月北京第1版　第1次印刷
京权图字 01-2005-4350
书　　号 ISBN 7-5402-0861-9
定　　价 36.00元

正源博物文库总序

天地万物，美而不言。自然及其中包括人类在内的万物总是充满了无数的故事、无限的魅力。人类对博物的兴趣由来已久。博物学和博物馆由是产生。博物学又称自然史，它不仅是关于自然万物的自然史，也是关于人类及其文明的自然史，是关于天地万物自身故事的学问。

如果想与大自然有亲密的接触，就必须掌握能与大自然对话的语言。而博物学正是自然万物能够听得懂的语言。博物学是人类最古老的、也是最有生命力的科学。它产生于人类与自然的直接交往和对话。博物学是研究万物的，博物馆是展示万物的。博物学研究每个事物（活物与静物及其背后的故事与意涵。博物馆展示每个事物及其背后的故事与意涵。博物学是科学，也是艺术，是人与自然和谐生存的艺术。博物馆则是展示这一艺术的场所。这样，博物把博物学与博物馆牢牢地连接起来了。

人类对博物的持久兴趣，除了造就了无数的博物馆外，还在东西方造就了许多伟大的博物学家。在中国，有传说中的神农氏，有葛洪、徐光启、李时珍、郭守敬等一大批东方博物学家。晋代的张华著有《博物志》、明代的董斯张著有《广博物志》。在西方，古希腊有亚里士多德、古罗马有普林尼，近代也出现了像布丰、林耐、居维叶、拉马克、达尔文、华莱士、梭罗等一系列伟大的名字。20 世纪以来则成就了像杜布赞斯基、洛伦茨、古尔德、威尔逊等享有盛誉的博物学家。

博物学经历了从早期的广义博物学，到近代的狭义博物学，再发展到现在的广义博物学三个阶段。狭义的博物学是研究活物（人、动物与植物）及

其由来（古生物）的科学。广义的博物学研究关于每个事物的自然史。它不仅包括存在于自然界的物体、人类文明的衍生物和人类的文明史。

博物学的根基深深地扎根在人性之中。自然及其万物激发了人类无穷无尽的好奇心。每个人都称得上是业余的博物学家。因为每个人的心中都有一颗博物学的种籽，都具备成为博物学家的潜质。观鸟、赏花、养鱼、玩虫、迷天文、看山水，是人类成员中非常普遍的爱好。每个人在其孩提时代都有过对一兽一虫、一草一木深深着迷的阶段。那些一辈子也不愿走出这一阶段的人便成了职业博物学家。

自然界有万物，读者们当然应该拥有博物文库。正源博物文库流连于博物学与博物馆之间，在博物学与博物馆之间架设一座知识的桥梁。博物文库的使命是把自然、把文明、把万物带到每个人的书架上，引导每个人探索自然、领略万物、体味造物的天成之美。因此，一切被博物学关注的，一切被博物馆关注的，也都是正源博物文库所关注的。

正源博物文库像博物学一样，提供有关自然与人类文明的读物。它也像博物馆一样，介绍具有科学、历史和艺术价值的件物和现象，把迷途的人们重新带回自然母亲的怀抱。正源博物文库也是知识营养库，其使命就是催生每个人心中的博物学种籽生根发芽、开花结果。

正源博物文库倡导博物广识，致力于向读者们打开一个神奇的博物世界，将博物广识变成生活潮流和生活方式。

博物广识，从正源博物文库开始！

瞧，那个英雄时代！（代序）

刘军宁

关于奥林匹克运动会与古希腊的渊源，在中国几乎尽人皆知。但是，关于奥林匹克这一盛况的细节，在中国却鲜为人知。《天体奥运》是国内出版的第一本关于古代奥林匹克运动会的通俗历史读物，也是一本关于古代奥运的自然史。

作者身为考古学家，调用自己所掌握的大量史实和专业知识，用轻松、活泼且幽默的笔调，为读者呈现了一幅幅生动的历史画卷，将千年以前的奥运盛况栩栩如生地展现在人们面前，使读者能够借助文字进行一次大脑的旅行，亲历当时的火热现场，领略古希腊的体育文化和风俗人情。作者甚至不为古人讳，将运动场上的作弊、运动场外的行贿、奥林匹克村帐篷里的放浪、酒吧里的狂欢，抖落无遗，使那段英雄的时代显得更加真实亲切。

为什么在希腊？

轻松之余，该书同样发人深思。2004 年 8 月 13 日，离开故乡 108 年的奥林匹克运动会“荣归故里”，再次回到它的诞生地——希腊的雅典。为什么奥林匹克运动会诞生在古希腊的雅典？而不是在地理位置相近、文明更加悠久的古埃及或另外两大文明？为了回答这些问题，《天体奥运》间接地提供了一丝线索：奥运盛典及其背后的奥运精神只可能植根于古希腊尊崇个人和现世的土壤，而不可能诞生在专注于来世的地方。换句话说，奴隶制根深蒂固的地方也不会产生奥运现象。象征着古埃及文明的金字塔，是无数奴隶用自己的生命为专制者建筑的坟墓。古埃及是个尊重君主和来世的地方。所以，展示个人健与美的奥运会是不会出现在以太阳王为核心的古埃及的。

古希腊时代是个崇尚英雄的时代，古希腊民族也是个追求英雄主义的民族。无论贫民还是贵族，他们心中从小就充满着对英雄的向往和对自由的渴求。与雅典神庙、民主体制相契合，古代奥林匹克运动会全方位地呈现了那个英雄时代，并在此后的岁月里深刻地影响着欧洲大陆，乃至整个世界。

为什么要裸着奔？

《天体奥运》，顾名思义，精神上与自然和天体达到的完美融合，回归原始的状态，表现的形式就是不着衣衫的奥运会。英雄的表面特征是健美的体格，内在的特征是勇敢、刚毅、自信。所以，英雄的内在特征比其外在特征更为丰富。要在运动会上展示英雄气概，首先就要展现男子身体健硕之美。展现天体，不仅需要体格，更需要勇气和自信。所以，那时的奥运会不仅是运动场，更是人文主义教育的大课堂，培育的是对个人的体力成就的崇尚，对个人价值的发掘与肯定。奥运精神是基于一种深层的哲学，即个体主义的哲学。它张扬对个人成就的推崇，主张潜能得到最大限度的发挥和个人的自我实现。这种人文主义传统崇尚公民精神、英雄气概、公平竞赛、青春与人体的天成之美。因此，古代奥运会规定必须裸体进行竞技，同时运动员全身涂上橄榄油，以使古铜色的肌体在阳光的照射下熠熠生辉，更加显示出运动员健美的体态，让人们从健与美的张力中获得一种感官上的愉悦。

古希腊文明洋溢着对个体英雄的崇拜。古代奥运会的主角从来就是个人，而不是国家，那时也没有现代意义上的国家。个人的荣誉就是属于个人的。根据剑桥一位历史教授的研究，古时参与奥运的人来自古希腊的四面八方，西至西西里岛及意大利南方，东到土耳其的地中海沿岸，都有选手来共飨盛举。

公元前二世纪，古希腊被罗马人所统治，奥林匹克运动会虽然没有因此中断，但古希腊人在奥运会中充分展示个体的裸体竞技的传统颇让罗马统治者惊骇不已，也注定这种运动形式不能为皇权制度所容。奥运会最终被罗马皇帝强行取缔。在共和政体下，人人都是英雄，在皇权体制下，只能有一个英雄，那就是皇帝。如果人人都是英雄，皇权必将受到威胁！可见，着衣与否，兹事体大。除此之外，最为重要的，奥运会燃起公平竞争的火焰时，人类就要熄灭战争的火焰。在皇权专制的体制下，要战争为运动会让路，完全是天方夜谭。

竞赛比体育更重要

近代奥林匹克运动在世界范围内普及之前，没有一个国家能够定期地举办像古代奥林匹克运动会那样大型的、综合的、全国性甚至是跨国性的体育比赛。总之，体育锻炼常有，而体育竞赛鲜见。实际上竞赛的重要性在某种意义上超越了体育锻炼。奥林匹克的丰富内涵和最大的魅力，在于它将体育运动变成了弘扬竞技精神的比赛。

古代奥运中不存在今天的那种职业运动员，不论参加者处于社会的什么地位，他们在运动场、在规则面前一律平等。平等精神、规则意识催生了体育竞赛，而体育竞赛又反过来强化了平等精神和规则意识。公平竞争的奥运赛场就如同共和政体的一个小小缩影，没有共和政体就难以有平等公正的体育比赛，因而也就没有真正意义上的体育比赛。

仅有体育，没有比赛，就不能产生英雄。古希腊人珍视伟大的运动员为取得胜利而不懈奋斗的精神。当时的赢家获得的是橄榄枝编成的花冠，回归故里有享受不尽的荣华富贵，家人或同乡为其出资塑雕像置于奥林匹亚接受众人瞻仰，还有著名诗人做诗，歌颂其伟大成就，并由唱诗班在城中吟诵。在崇拜成功和胜利的希腊人眼中，参与虽然也很不重要，胜利是最重要的。

不仅如此，比赛还提供了一个衡量人类成就的标杆。体育成就与科学成就不同。科学领域的竞赛曲高和寡，不够感性和直观，需要参与者具有专门的甚至是非常精深的知识，旁观者才能领略科学成就的妙处。体育比赛的观赏性无与伦比，不需要参与者和旁观者具有非常专门的知识，且结果很容易量化。

体育比赛是一个展示人性的舞台。为了取得冠军，一定会有人像书中所揭露的那样，采用不正当的手段，这都是人性中劣根的部分。体育比赛是一个制造差异的过程，展示差异的舞台。平时体现不出来的差异，在竞赛中一览无余。公平的体育，与公平的社会一样，给弱者一个平等的机会。同时，体育比赛崇尚平等，杜绝平均。没有差异，竞赛就没有意义；没有差异，社会也就没有存在的意义。如果运动会实行平均主义，冠军人人有份，那么比赛的意义就完全丧失了，比赛的观赏性也就不具备了，比赛最终也就会失去所有的观众和参与者。

体育比赛还有助于英雄品格的养成。古希腊的英雄主义传统与定期的奥林匹克竞赛是分不开的。竞赛不仅考验人的体力和技能，更考验人的智力、毅力和定力。当两位顶级选手体力和技能旗鼓相当时，决定胜负就是智力、毅力和定力，偶尔还有运气。体育比赛给每个选手一个平等的机会来展示他们的才能和毅力，来追求卓越。在人的一生中，相对持久的成功又何尝不是一场马拉松？

对于选手来说，在比赛中获得成功是一种快乐；对于观众来说，目睹成就也是一种快乐。获得和目睹一旦同步，更将是莫大的幸事，所以，雅典奥运和现代奥运一样，吸引了无数不计代价、历尽艰苦前来观看的观众。没有观众，就没有英雄。

阅读该书就像是在重新温习那个一去不复返的时代，那生气勃勃的竞赛场面，震撼着每个读者的心灵，其中透出的人文气息，荡涤着每个读者的灵魂。

作者虽然是学者出身，但是该书文笔流畅、妙趣横生，毫无学究之气，读者根本不必担心阅读中会产生枯燥感，要提防的反而是自已肾上腺素升高的指数！

就着葡萄酒，读着《天体奥运》，追忆那个久远的英雄时代，仿佛神人同在、天人一体，这是何等的享受！

目 录

第一章

献给宙斯的爱

(希腊的) 阳光具有一种透明的特质：那不只是地中海的阳光，还具有某种深不可测的神圣气质。在这里，阳光直接穿过灵魂，打开心扉，令人感到心旷神怡，无拘无束，心无旁骛……在这样的阳光下，别想进行任何理性的分析，在这里，神经质的人或者立即痊愈，或者马上疯掉。

——*亨利·米勒，《玛洛西的大石像》*

在破晓之前，我在奥林匹亚平原的群山中突然惊醒，但是仍然感到双眼酸涩，这是前一夜和几个吵闹的人类学家一起喝了几杯希腊酒的结果。这注定是一个完美的夏日：我在酒店凭窗远眺，晴朗的天空下，阿卡迪亚山脉的群峦叠嶂在地平线上延绵起伏，好似蔚蓝的海面上波涛汹涌。 我需要来点儿运动，慢跑一会儿也许能让头脑清醒起来。但是在这伯罗奔尼撒半岛的远乡僻壤，我该到哪里慢跑呢？突然间我想到了一个地方，有什么地方比古代奥林匹克体育场更合适的呢？

我赶在太阳升起来之前到达了那片古老的遗址，脚上穿着一双旧耐克(这是以胜利女神Nike的名字命名的) 鞋。就连那里的守卫们也好像没有完全清醒过来似的，他们在橄榄树下浅啜慢饮着浓咖啡，挥手示意我穿门而人，让我独享整个广阔的竞技场。此时时间尚早，至少一个小时后才会有旅游车到达，因此我可以在我的希腊圣殿里不受打扰。我穿过伟大神庙的残垣断柱，沿着一条小路往前跑，这些倒塌的石柱好像枯瘦的手指，东仰西歪地伸出草

丛；已被遗忘的运动冠军们的纪念碑之间，众多紫色野花摇曳生姿。2500年过去了，奥林匹亚竞技场仍不改其田园牧歌般的风貌：阿尔斐斯河依然沿着绿阴掩映的河床淙淙地流过体育馆；北面的青山岿然耸立，山上松林郁郁葱葱，那里便是宙斯与其父，巨人克罗诺斯（Titan Kronos）争夺世界统治权的斗法之地。

很快，我看到一个石拱门，这正是体育场的入口。晨跑此时忽然开始有些宗教仪式的味道了。古朴的竞技场沐浴在金色的阳光下——亨利·米勒曾热情赞颂过这种毋庸置疑的希腊式的灿烂，而一个世纪之前，诗人拜伦也曾为之歌颂，甚至两千年前，演说家西塞罗(Cicero)也曾对此大加赞美——这阳光似乎穿越了漫长的岁月，融合了往日与现实，历史与神话。两旁高耸的土堤上覆盖着茵茵青草。体育场的中心，就是跑道所在的地方：一个铺着泥土的长方形场地上，浅浅的石槽隔出简易的跑道。根据古代传说，跑道210码的长度最初是大力神赫拉克勒斯亲自丈量出来的。在近12个世纪里，那里是西方历史中最伟大盛会的焦点所在。

我走近古代的起跑线——大理石砌成的起跑线，仍然完好无损，真是个奇迹——踢掉耐克鞋，将脚趾蹬进凹槽中。远处传来了蜜蜂的嗡嗡声，四周更寂静了。接着我冲了出去，沿着古希腊冠军们的足迹发足狂奔——那些神奇的希腊人包括米提林（Mytilene)的斯卡曼德罗斯(Skamandros)和罗德岛的莱奥尼达斯（Leonidas)。在我阅读有关早期奥林匹克运动会的几个星期中，这些人物总是显得那么不寻常，那么虚幻。但是现在，当我的双足飞奔在坚硬的土地上，便很容易想像出那时古代观众和他们的众神是怎样注视着此地，以及像我这样的凡夫俗子。

公元前150年左右的一天，清晨的第一缕阳光刚刚洒在这个体育场上，大约四万名观众就挤入绿色护栏内，接踵摩肩地涌到现在已经不再平坦的草地上。他们是古希腊时代的铁杆儿体育迷，来自社会各个阶层，肩并着肩站在一起的既有戴帽子的贵族和长着骨痂的渔民，也有数学家和不识字的面包师

傅。观众大多为男子，已婚妇女是不准出席的，但未婚的姑娘和少女可以前来观看。无论男女老少，贫富贵贱，每双眼睛都急切地盯着那条覆盖着一层耀眼的白沙的笔直的跑道。

此时，十个蓄着胡须、身着靛青长袍、头戴花环的裁判，在跑道中点侧面的小棚子中就位了，他们看起来不像是体育官员，倒像是印度婚礼上的宾客。他们面前，是一张镶嵌着象牙和黄金的桌子，上面便是最初的奥运奖牌——用奥林匹亚的圣树上砍下的橄榄枝编成的花冠。接下来，一阵兴奋的低语传遍了整个体育场。突然之间，随着一声响亮的号角，运动员们开始从西面山坡的一个通道入场。

他们像一队骄傲的孔雀鱼贯而入，全身一丝不挂，也没有任何装饰，只有芳香的橄榄油从卷曲的黑发一直滴到脚下。裸体比赛，是古希腊一项历史悠久的运动传统，就像饮酒、讨论荷马或崇拜阿波罗一样，是希腊文化的一部分。在希腊人看来，只有野蛮人才羞于展示自己的身体。这项传统和宗教仪式有关，象征着剥离社会阶层的束缚，是一种在阶级观念根深蒂固的古代社会中，追求民主运动精神的非凡姿态。(尽管参赛者仍然必须是拥有自由之身的希腊男子——妇女、奴隶和外国人被拒之门外。)一个司仪在宣读了每个运动员的名字，其父之名，以及他的家乡城市后，询问在场观众是否反对其参赛。宣读之后，参赛者在其崇拜者的欢呼声中，和教练一起在阳光下做准备活动，进行起跑和急停，蹲起和压腿等动作——这是场地跑比赛的一项悠久的惯例。

当观众的叫喊和喧嚣声沉静下来以后，司仪举起号角，发出信号，让20名运动员“在起跑线处各就各位”——起跑线指的就是大理石铺就的那条线，上面刻有凹槽，运动员将脚趾蹬在上面。古代运动员传统的起跑方式不是蹲踞式，而是站立式——身体略微前倾，双脚并拢，双臂前摆，每一块肌肉都紧绷着。在他们前方，齐胸拦起了一道绳索，形成了简易的门闸。参赛者充满敬意地注视着这道绳索：抢跑者将受到裁判员鞭笞。

主裁判点头示意，司仪大喊一声“跑”(apete)！

在运动员们沿着跑道飞奔的同时，观众的呼喊声如同晴天霹雳，响彻了整个清晨，连周围山野里的羊群都会受到惊吓。

对于观众来说，这是一个令人兴奋的时刻——希腊哲学家们认为，如果能够忘却肉体上的不快的话，这可称得上是每个公民生活的一个顶点。

只要能在体育场中待上一整天，便值得获得一顶橄榄冠了。即使是在早晨，夏天的热气仍然让人喘不过气来，许多观众也还没有从昨夜的睡梦中完全清醒过来。观看奥林匹克运动会是免费的，在接下来的16个小时里，观众将一直站着，（古希腊词语stadion的本意就是双脚站立的地方。）他们头顶着烈日或者暴雨，而流动商贩则向他们高价兜售硬得像石头似的的面包和令人生疑的香肠和奶酪，这些食物要用呛嗓子带着松枝香气的葡萄酒送下去。最让人烦恼是，奥林匹亚地区没有可靠的水源，夏天一到，当地的河流变成了干涸的小溪，观众们就会大批中暑。人们很多天都不洗澡，浓烈的汗味和奥林匹亚松林和野花的芬芳交织在一起，但这一切又都被干涸的河床飘来的一阵阵恶臭所淹没，那里已经变成了露天公厕。而在白天，由于奥林匹亚不断遭到蚊群的袭击，每分钟都是一场考验。整个过程痛苦不堪，以至于某个奴隶主曾经以观看奥林匹克竞赛来威胁不顺从的奴隶。

而作为众神之王的宙斯，会坐在天庭宝座上欣赏这场盛会，众所周知，他和凡人一样密切关注比赛的结果，而体育场内的体育迷们却只能灰溜溜地忍受好几个星期的痛苦。奥林匹亚的圣殿美丽却十分偏远，它坐落在希腊南部，雅典以南210英里处，观众们得长途跋涉，翻过崇山峻岭来观看比赛；外国观众则要冒着遭遇暴风雨和船只失事的危险，从远至西班牙和黑海这样的地方远航而来，当疲惫的观众终于到达时，才发现这个竞技场的接待工作并未就绪。公元二世纪的作家卢西安(Lucian)抱怨说，“人山人海”完全淹没了奥林匹亚简陋的设施。此情此景让人不禁联想起一场乱哄哄、闹哄哄的伍德斯托克摇滚音乐节。

古代奥林匹亚的惟一的酒店名为里奥内达翁(Leonidaion)，是大使和官员

们专用的，其他人就只能自己解决住宿问题了。宙斯的神域——一片四周都是围墙的庙宇——周围是秩序混乱的大片营地，在这里，人们吵吵嚷嚷，执意要占领自己的地盘安营扎寨：大多数人仅仅把铺盖卷随地一扔，便在祭坛之间，优雅的柱子下，杰出冠军的雕像旁，拥搡着住了下来。其他人则在简易帐篷中租下铺位，或自己搭起帐篷，在山野中横七竖八地蔓延开来，像难民一样。柏拉图自己就曾在一个简易兵营里，同鼾声如雷、烂醉如泥的陌生人头脚相接地睡在一起。

上千堆篝火升起了缕缕炊烟，形成了烟幕污染。当地的官员得用鞭子来控制人群的数量。

英语里(chaos 混乱之意)这个词源自古希腊语：看来不无道理；由于缺少基本的卫生和公共设施，奥林匹克盛会变成了古代的伍德斯托克摇滚音乐会。

希腊人在五天的时间里安排了径赛、战车赛、拳击和摔跤项目：赛程十分紧凑，然而观众的观看环境却在不断恶化。腐败的垃圾被倒进临时挖出来的竖井中，包括上百头祭祀牲口的尸骨。肮脏的环境使得热病和痢疾在人群中迅速蔓延，而令人发疯的虫灾使情况更加不堪。在每届运动会之前，奥林匹亚的牧师们都设立祭坛，祭祀"宙斯——驱虫之神"，心存侥幸地希望能够减少虫灾。即使在运动会结束时，观众也别想立刻得到解脱：他们可能要在此地滞留数天，为回家和马车夫讨价还价。

即便如此，观众的数量表明以上所有痛苦都不能使古代的体育迷们望而却步。奥运会异常受欢迎，是古代最伟大的盛会。从公元前776年开始，每四年举办一次，从未间断，直到公元394年被禁止——一停就是近12个世纪，时间长得惊人。对于希腊人来说，一生之中没有去过奥林匹亚是一个巨大的悲哀。一名雅典面包师自豪地在他的墓碑上写道，他曾经观看了12届奥林匹克运动会。"上帝啊！"泰安那的圣人阿波罗尼奥斯醉心地说，"人类世界里没有什么能像这样与众神亲密接触了。"

奥运会长盛不衰的秘诀是什么呢？使一代又一代人重返圣地的原因又是

什么呢？公元一世纪末期，同样是铁杆儿体育迷的雅典哲学家爱比克泰德(Epictetus)，曾经思考过这个问题。他认为，奥运会隐喻着人类的生存状态，每天都充满着困苦与考验：难忍的酷热、拥挤的人群、烟尘、噪音，以及鸡毛蒜皮的无尽烦恼。“但是，你当然得承受这一切，”他说，“因为这是一场让人无法忘怀的奇观。”

人间奥运

为了寻找古代奥运会的魅力所在，我们必须意识到，体育只不过是这场盛会的一部分。奥运会实际上是一场综合的世俗娱乐盛会。在那里，无论运动场内外，人类的各种娱乐活动荟萃一堂。每次盛会都是希腊民族团结的体现，一场令人废寝忘食、全神贯注的露天表演，众神与凡人的交汇场所，在精神上对世俗影响之深远，不亚于印度教徒去瓦拉纳西圣城（Varanasi）朝圣，或者穆斯林的麦加朝觐。那里有宽阔的游行道路，数十座祭坛，公共宴会厅和街头艺术家的表演棚。就观众的满足程度来说，我们现代的奥运会可就难以相比了，除非和里约热内卢的狂欢节，梵蒂冈的复活节弥撒以及环球影城之旅联合起来才可有一比。

在这令人兴奋的五天五夜，奥林匹亚是无可争议的世界之都，来宾们简直不知道该先光顾哪里好。当地举行了盛大的宗教仪式。实际上，包括为大型公共宴会屠宰一百只公牛在内，这些仪式花费的时间和运动会本身一样多。游览圣迹也是必要的：奥林匹亚圣殿是个露天博物馆，旅游者穿梭于众多神庙之间，参加各种活动，当地的义务导游会自豪地向旅游者展示世界古代七大奇迹之一——高40英尺的宙斯神像。（当地导游过于热心，其解说之冗长是出了名的。一个朝圣者曾经热切地祈祷道：“宙斯啊，请在奥林匹亚的导游面前保护我吧！”）

接下来还有世俗的享受：在肮脏的帐篷城区内，到处是一派昼夜狂饮的欢宴景象，在这里，学生们在奢靡的酒会上挥霍遗产，妓女们在5天内能赚到一年的收入。那儿还有选美比赛，荷马史诗朗诵比赛和吃东西比赛等等。职业男按摩师给疲惫的人提供按摩服务。化了妆的年轻小伙子们大跳色情舞蹈。手相师、星相师、街头演说家和吞火者使人目不暇接，更有甚者，据评论家"金口迪奥"(Dio)说，"数不清的律师在曲解正义"（演说家们在讨论即将发生的诉讼)。著名的希腊作家们在神庙的台阶上展示新作。男演员们高声朗诵，诗人们在背诵史诗，画家们毫不羞耻地展示着他们的作品，和潜在的赞助人闲聊。事实上，如果体育比赛本身不是具有超凡的戏剧性，想入非非的朝圣者在如此繁多的活动面前，就算忘记了看比赛，也是可以原谅的。

运动场上不吝奢华，运动员的游行队伍五彩缤纷，司仪吹着喇叭，还有人在凶恶的雕像前背诵戏剧长诗，（在类固醇时代以前，裁判更关心运动员是否使用魔法提高了自己的成绩。）在奥运会的18项核心赛事中，有些项目是我们所熟悉的，例如赛跑、摔跤、拳击、标枪和铁饼，其他就显得过于陌生了。 奥运会第一个项目是战车赛，一个极度狂野的项目，总共有40辆战车拥挤着冲过跑道，撞车并不犯规。经常是只有几辆，甚至可能只有一辆战车能够完成全程比赛。还有一个项目叫做全副武装赛跑 (hoplitodromia)。跳远需要负重进行，而且还有长笛伴奏。观众最喜爱的项目之一是搏击(pankration，类似今天的自由搏击)，这是一项极其野蛮的运动，除了挖眼睛之外，任何动作都允许做。野蛮一点的选手可能会折断对手的手指，扯出对方的肠子；教练注意到，裁判甚至"许可掐住对方脖子"。在现代人看来，每个项目之间的时间间隔太长了，没有团体项目，没有球赛、游泳比赛和马拉松，也没有类似于现代奥运会火炬传递的活动——但没人抱怨现场缺乏娱乐活动，就连最凶狠的壮汉也会愿意在观众面前露一手，像今天国际摔跤联盟的选手一样去讨好观众。在场外，有些人扮成大力神赫拉克勒斯的样子，身披狮皮，手持长棍，其他人则将巨大的重物抛来抛去，或沉溺于暴饮暴食中。

在这种令人兴奋的充满男子气概的气氛中，从不缺乏丑闻四处流传：现代奥运会的所有邪恶都是与生俱来的。尽管奥运会神圣休战协议禁止所有可能打断运动会的战争，古代奥运会还是经常卷入古希腊的国内政治斗争中：曾经有一支部队进攻奥林匹亚地区，打断了正在进行的摔跤比赛，将防御者逼到了神庙顶上。

腐败指控也时常让参赛者丢尽颜面。第一起在奥林匹亚的诉讼发生在公元前338年，来自塞萨利(Thessaly)地区的欧波吕斯贿赂了三名拳击手，让他们在与自己的比赛中诈败。从那以后，欺诈行为就受到重罚，并斥资修建石碑，上面刻有警示运动员的碑文："想在奥林匹亚折桂，要用双脚的速度和身体的力量，而不是金钱。"甚至连裁判员也不能摆脱有关嫌疑。公元67年，他们被罗马皇帝尼禄重金收买，同意在比赛检录过程中加入诗歌朗诵，并将战车比赛的第一名给了尼禄——尽管他在比赛中从车上跌落下来，未能完成比赛。

事实上，金钱交易充斥着古代运动会的每一个方面。所有的选手都是职业运动员：他们依靠市政部门和私人赞助的津贴生活，随团参加一项又一项赛事，捞取丰厚的奖金。(有一个细节很能说明问题，古希腊人甚至没有表示"业余"的词，最相近的词应该是idiotes，意思是没有受过训练的人，或者说一个笨蛋。）奥运会极尽奢华，疯狂地挥霍金钱，甚至在结束时，还会为胜利者举行一场盛大的宴会，对他们来说，一个金色的未来就在眼前。一顶橄榄冠是官方的奖励，但运动员心里明白，真正的回报是物质的：在希腊各地，他们将被当做神一样来崇拜，并在下半生生活得奢侈自在，诗人品达(Pindar)将其描述为一段"甜蜜顺利的旅行"。

一个体育迷怎会对这一切漠不关心呢？如同爱比克泰德所述，这样一场生动的经历，使得每天精神和肉体的痛苦变得微不足道。或者，就像今天的运动员所说的，"一份耕耘，一份收获。"

往日冠军的灵魂

重现古代奥运会有时像做拼图游戏一样，而大部分拼板却已经丢失了。所有古代史的历史学家，都在研究曾经繁荣过的文化留下的一点可怜的碎片。我们现在仅可以读到索福克勒斯（Sophocles，古希腊著名戏剧家）113部戏剧中的7部，以及埃斯库罗斯（Aeschylus，古希腊著名戏剧家）全部作品的十分之一，这足以说明古希腊文化失传的情况有多么严重。至于奥运会，考古学家们还在争论许多最基本的问题，比如奥运会开始的日期，甚至是比赛项目的顺序等，更不用说古希腊跳远技术的细节了。即便如此，重要的实物证据还是存留了下来。例如，古代奥林匹亚的官方档案馆曾经存有厄利斯城的希比亚斯(Hippias)记录的，后由亚里士多德更新的取胜者名单，但现在已经失传了。然而人们却在一本罗马银行账本的背面，发现了部分复制品，上面潦草地抄写着从公元前五世纪开始的奥运会冠军名单。

综合数以百计这样的发现，我们就可以重现出一幅栩栩如生的场景，即作为运动员、观众或者苦恼的组织者参与奥运会的情形。

最主要的框架当然是古代奥林匹亚本身。那里现在是最热门的古希腊遗址之一，尽管那里曾居住着野蛮人，被基督徒的铁蹄踏过，当地河流暴发洪水的时候，还被埋在了淤泥之下。在长达一千年的时间里，奥林匹亚完全消失了。直到1766年，一名到访的英国文物工作者钱德勒，发现希腊农民在田野里犁地时，翻上来一些大理石碎片，奥林匹亚因此重见天日。钱德勒清楚地辨认出，一些柱基是宙斯神庙的一部分，但在一个世纪以后，当时在德皇菲特烈－威廉四世的资助下，德国考古队才开始正式的挖掘工作。1936年，德国人又重新对奥林匹亚产生了兴趣，为了配合在柏林召开的纳粹奥运会，希特勒亲自下令，将奥林匹亚体育场挖掘出来，他想像奥林匹亚应该是古代雅利安人的乐园遗址。德国学者和当地居民的关系一向是和睦的，希腊结束了二战时被德军占领的痛苦经历后不久，德国学者就获准返回该地。今天，德国学者仍然在和希腊考古局合作，忙碌地进行有关研究。在过去的一个世纪里，来自美因茨和慕尼黑的许多专家都与当地人结了婚，而且，在奥林匹亚，每两个希腊酒店主中，似乎就有一个洗礼名字是赫尔曼或是希尔达（德国名字）。

但奥林匹亚的残垣断壁也只能告诉我们这么多了。要重现古代奥运会，我们还需围绕着古代世界撒一张更宽泛的网。

首先，一些视觉上的根据流传了下来。希腊花瓶上的画作能够传达很多

信息，当然，在博物馆的刺眼的氖光灯下，第一眼望去，是看不出来的。这种大量制造的陶制品几乎反映了世俗运动文化的方方面面，揭示了裁判服装的关键资料，古代摔跤的擒拿技巧，以及跳远中所负的重物，更不用说对于奥运会社会背景的惊人洞悉了。我们看到，摔跤手由于挖对方的眼睛而被鞭笞，好色的老男人抚弄年轻的运动员，聚会动物们沉溺于肉体的狂欢之中。这些林林总总的形象，共同创造了它们独有的叙事体：这几乎是一个电影预告，裁判、壮汉、骗子、懦夫、色鬼、小贩和无赖在其中时隐时现。

雕像也存留了下来。古罗马人对希腊文化十分着迷，制作了许多当时青铜像的大理石复制品，现在也仍然流传于世。柏林、巴黎、纽约和伦敦的博物馆联合起来，可以展现古代运动员的庆功盛宴，一些阿波琳(Apolline)的形象光鲜，另一些更接近现实，疲惫，带着伤疤。(原始的希腊人形象已经湮没在信仰基督教的烧窑工人手中了，《掷铁饼者》称得上是最著名的西方体育形象，被印在希腊的咖啡杯上四处流传，即使是这一形象，我们也是从复制品得到的。)

最后，也是最重要的，我们还可以找到有关文字记载。古代的现场报道激活了冰冷的大理石像。由于古代奥运会影响广泛，有关描述散落在各个古代文学作品之中，就像在爱琴海的海底会出乎意料地找到玻璃砖一样。我们可以在希罗多德（Herodotus，希腊历史学家）和修昔底德（Thucydides，希腊历史学家）的史书，老普林尼的百科全书，普鲁塔克（Plutarch，希腊哲学家）的传记，索福克勒斯（Sophocles，古希腊戏剧家）和欧里庇得斯（Euripides，古希腊戏剧家）的喜剧，罗马抒情诗人普罗波惕乌斯(Propertius)的带有色情色彩的幻想诗中找到它们。柏拉图曾经在他的政治学著作中提到奥运会，西塞罗在其诗中描述过奥运会，讽刺作家卢西安(Lucian)曾至少四次到场观看，也曾在其诙谐对白中提及这项赛事。事实上，如果仔细搜索文字记载，我们会发现：古代人不是在去奥运会的路上，就是刚从那里回来。

而为之增添人性细节的，则是像《一个体育教练的手册》(*Handbook for a Sports Coach*)这样的优秀作品，这是公元三世纪由斐洛斯特拉图斯

(Philostratus)编写的训练手册，提供了大量有益的建议，内容涵盖了从痱子粉到高蛋白饮食的方方面面。我们还可以找到诗人品达的庆功颂歌，奥运会的宴会上，男孩子们曾经合唱过这些歌曲；古希腊医生盖伦(Galen)为运动员扭伤的肌肉开出药膏；历史学家色诺芬(Xenophon)曾评论过斯巴达姑娘的健美训练课程。其中，最珍贵的是一本古代的希腊导游手册，由考古学者包撒尼雅斯(Pausanias)在公元160年左右撰写。他参观了每个雕像、石碑和壁画，为奥林匹亚许多艺术圣地做了细致的注解，甚至包括了当时导游杜撰的故事。包撒尼雅斯的书非常精确，就连19世纪70年代的德国考古学家都把它当做实地导游手册来使用。

接下来，还有更加令人兴奋的考古发现，比如古代的诅咒铭牌，赌徒们为之付钱用来影响战车赛的结果——“他们的马将被马具缠住，动弹不得”——在埃及的一个希腊殖民城镇发现了蒲纸碎片，上面写着摔跤手的训练细节。(抓紧！抱住！右臂抱住他后背！抓住它下体！”）甚至连涂鸦都有其历史价值，比如搞同性恋的老男人为在他们面前的尘土里扭打的青涩男孩写下的爱情诗。

渐渐的，破碎的欢庆画面开始变得清晰——现在，我们可以为昏昏欲睡的奥林匹亚废墟，重新注入勃勃生气了。

第二章

希腊人的体育狂热

健康是生活中最美好的事……

——西蒙尼德斯，诗人，公元六世纪

希腊人是西方哲学、几何学、喜剧、绘画和科学的奠基者，他们的功绩无可比拟，同样，我们还应感谢他们创造了现代人对体育的热情。荷马在史诗《奥德赛》中曾经说过："没有什么荣耀，能超过一个活着的人用自己的双手双脚获得胜利。"这口气也许像一名当红的电视解说员。希腊人对于竞技体育的热爱，已经在世界文化中深深地扎下了根：现在不仅仅有由法国人皮埃尔·德·顾拜旦男爵于1896年复兴的现代奥运会，还有世界杯和"超级杯"美国职业橄榄球赛，各项公开赛大满贯赛事，重新吸引了大批兴致勃勃的普罗大——同时伴随着我们对青春和美丽身体的深深迷恋。当今所有的流行食谱和健康杂志，健身器械和普拉提课程，都是源自崇尚和谐的希腊人，希腊艺术家会穷尽一生来完善大腿和股骨的比例。(他们对于完美身体的推崇，虽然有些肤浅，但也无可指责。确实，希腊神话最为源远流长的特质就是自恋。)运动是每一项希腊教育的核心，每个城邦都有自己的体育场，摔跤学校和城运会。

神化其他古代民族，也许是一种毫无理智的迷恋。"你带着我们跟什么样的人打仗？"一个波斯将军问泽克西斯一世（Xerxes I，波斯帝国的国王，公元前485年~465年在位），当时是公元前480年，他们正在攻打希腊。他接到消息说，只有一小批斯巴达士兵正在温泉关（塞莫皮莱山隘，Thermopylae）浴血奋战，保卫希腊，而成千上万身强力壮的男子，却远在奥运会现场观看一场摔跤决赛。当将军得知比赛的惟一奖赏仅仅是一顶橄榄冠时，他无法掩饰自己的轻蔑之情。

为什么这种对体育的疯狂迷恋，会在希腊，而不是古代高卢，抑或是利比亚，或者英国生根发芽呢？也许可以这样解释，体育结合了希腊生活的两种主流：热爱锻炼和推崇不屈不挠的竞争精神。

古代的希腊是户外运动最初始的乐园。多亏有温和的气候，希腊人才能尽享户外活动的乐趣，他们在那片延绵起伏的山区中尽情奔跑，在河流和清澈的蓝色海水中尽情畅游。但是这片被崎岖的山谷和水湾分割的土地，也衍生出数个行政地区。这里的大陆和海岛上，有超过数千个独立的城邦，每个都以一个独立的城市为中心，有着引以为傲的传统，为希腊丰富的自然资源不惜兵戎相见。国内的争斗使得这片土地陷入无止境的战争当中，并体现在每个城邦的日常生活中。竞争不仅仅体现在大多数国家的混乱的国内政治斗争中，还体现在其公民毫不掩饰的个人主义中。如同荷马所说，希腊人感到“总是争先，超过别人”是自己的个人使命。

想像一下，如果华尔街的交易场开在加利福尼亚的海滩上会是什么情景，就能知道这种生硬粗暴的个人主义发生在爱琴海边是怎样的情形了。

希腊人喜欢在任何方面进行竞争——戏剧、陶艺、演讲、诗歌朗诵和雕塑等等。游人在小酒馆里进行吃东西比赛，医生们会就外科技术和理论研究进行竞争。最初的选美比赛就是希腊人举办的，既有男人，也有女人参加，他们还举办了最初的接吻比赛（在麦加拉城，仅限男孩子）。希腊人不可避免地在他们最钟爱的业余活动中比试身手。

对于希腊人来说，任何事情都可以成为举办运动会的理由。希腊人举办赛跑和径赛的场合既包括婚礼，也包括葬礼。他们甚至可以拖着成车的体育器材赴战场打仗，还在众多的宗教节日里进行比赛。奥运会就诞生自这样的宗教场合，其具体细节已经被神话传说所掩盖了：古代作家们曾提出好几个

相互矛盾的故事版本，涉及到众神和英雄，对此，地理学家斯特拉波睿智地总结说，这些故事太令人困惑，几乎没有什么价值。目前，考古学家达成的共识是，奥林匹亚是一个宗教场所，从公元前1100年左右，开始用来祭祀大地女神该亚。在公元前1000年左右，奥林匹亚的一个农业方面的节日开始和献给宙斯的竞走比赛联系在了一起，这个比赛不太正式，还带着些乡土气。在公元前776年，至少这是古代传统上可以接受的日期——第一届正式的运动会在圣地举行。我们不可能确切得知，为什么奥林匹亚的影响力如此迅速地发展壮大——也许是因为人们都相信，这里宙斯的神谕可以预示战争的结果——但是到公元前六世纪为止，奥运会都被视做最高的盛会，受欢迎的程度是其他盛会所无法比拟的。奥运会每四年举行一次，正好是夏至后的第二次月圆之时，它“吸引了精英中的精英，显贵中之显贵”。

体育馆中的一个野蛮人

一些更有思想的希腊人会想像得出，他们对于体育的狂热对于像泽克西斯一世和他的将军这样的外人来说，会显得多么地不可思议。公元二世纪的时候，多产的讽刺作家卢西安写过一篇欢快的对话录，题目是《论体育锻炼》。其中，一个叫做阿那卡雪斯(Anacharsis)的虚构的野蛮人王爷，被带着去参观雅典四大体育馆之一的吕克昂体育馆。上面已经说过，卢西安是一个狂热的体育迷——他曾经四次去看过奥运会——但是作为一个作家，他具有不同寻常的能力，他能跳出所处的文化，以批判的目光来审视它。阿那卡雪斯——一个自诩“性情温和”的野蛮人——是一个最初的“高贵的野蛮人”，而且如果我们现代人能穿越时空，回到古代雅典的话，他茫然的反应应该和我们一样。(如果一个印第安族的雅诺马莫人参观纽约市的一个体育馆，也会出现同样的讽刺场景吧。)

“我想知道他们这样做究竟意义何在。”客人问道，他被带进著名的河边体育馆，在那里，几十个裸体的年轻男子在庭院中来回跑，踢腿或者跳来跳去，做着准备活动。“在我看来，这简直是疯了——这些疯子应该被关起来。”

在导游的陪伴下，他看到了一幕幕更加令之震惊的场景，那都是希腊体育课程中最核心的项目。摔跤手正在拼命摔打和勒绞对方，而拳击手则努力打掉对方的牙齿。

“为什么你们的年轻人要表现得这么粗暴呢？” 阿那卡雪斯问他的导游，希腊的法律先驱梭伦(Solon)。“有的彼此扭打和摔绊，有的双手扼住对方的喉咙——其他人则在泥浆中打滚，像一群猪一样翻滚在一起。但是在这些男孩子们脱去衣服后，第一件事就是非常友好地为对方身体抹上橄榄油，就好像他们是最好的朋友一样。然后，他们低下头，开始互相用前额抵压对方，活像一群发怒的公羊。”

“看那儿！那个年轻人把对方举了起来，像扔一根木头一样把他摔倒了地上……”

“为什么裁判不制止这种野蛮的行为呢？相反那个恶棍好像还在鼓励他们——甚至祝贺那个把别人摔到地上的选手！”

希腊人不禁暗自发笑：“现在所进行的就叫做竞技体育，”他解释道。梭伦承认，这看起来是有一点粗暴。可是阿那卡雪斯难道不愿意成为这些高大匀称的运动员中的一员，像他们一样坚忍不拔，血气方刚，皮肤黝黑，而宁愿成为一个病态的，皮肤松弛的书虫——“那些可怜虫的身体像果汁软糖一样软塌塌的，稀薄的血液往身体深处倒流”？

这是历史上人们一直在思索的问题——许多世纪以后，美国的健美明星查尔斯·阿特拉斯(Chales Atlas)在广告中又针对90磅、弱不经风、胸部扁平、忍气吞声的美国人，将这个问题重新演绎了一把。的确，这种言论有助于启动20世纪50年代的健身风尚。而早在公元三世纪，作家斐洛斯特拉图斯就曾经做过可怕的预言，他写道：“我坚决主张，扁平的胸部不应示人，更别提还练过的了。”

古代健身运动：使用指南

在古代体育馆进行锻炼是怎样的情形呢？可以确定，那时的体育锻炼在方方面面有着巨大的差异。

事实上，希腊体育馆是名不符实的，这只是根据现代体育馆衍生出的一种模糊的所指。这不是一个具体的建筑，而是一个公共运动场所，最显著的标志就是跑道。这片开阔的露天场地，四周环绕着布满廊柱的连拱走廊，包括一个带遮棚的跑道，以供天气恶劣时使用；体育场通常位于河畔，便于运动员游泳，并且与一个摔跤学校(palaestra)相连。而且，运动仅仅只是这片场地的一项功能。体育馆还是希腊人基本的社交场合——并且是男人专用的场所。(只有在斯巴达和一些较进步的城邦，年轻女子才能得到单独的体能训练。)这里相当于每个城市的心肺和大脑：许多城市都拥有优雅的花园、公园和图书馆，甚至在雅典，还有一座自然科学博物馆。在体育馆，学习所有社会科目的男孩子们都要来这儿接受初等教育，而高年级的少年男子则在这里接受军事训练，他们通常还会在这里经历平生第一次恋爱，其对象是一些充当他们导师的年长男子。那里的空气中充满了男性荷尔蒙的味道，吸引着年长的希腊男子：文人们经常嘲笑那些“怪老头儿”，他们企图和金发的年轻男子一起摔跤，或者参与作为重要教育内容的舞蹈课。

我们可以拼凑出一个雅典运动员为奥运会做准备通常要做的事情——我们姑且就称之为希伯达勒斯吧，他是生活在公元前一世纪中叶一个25岁的摔跤手。像所有前途无量的奥运选手一样，根据当地法规，在奥运会前，他必须在家乡的体育场全力以赴地接受整整十个月的训练。根据文字记载和考古学的证据，我们可以跟随希伯达勒斯来到吕克昂体育场，就是那个虚构的人物，阿那卡雪斯所参观的体育场。

希伯达勒斯，身着长达膝盖的希腊式短袖束腰外衣，带着一袋最基本的运动员装备，将穿过两侧伫立着大力神和阿波罗铜像的前庭，进入体育场。他在所有运动员的保护神——大力神的神像前祭上一杯酒，然后信步穿过堆满了杂物的大理石门廊——那里堆着缴获的敌人头盔、镀着金边的盾牌、大理石的日晷，还有一尊爱神厄洛斯的小雕像，这也是体育馆里经常出现的希腊神像——然后才到达了更衣室。这是个狭长的大厅，对面是喧闹的庭院。更衣室里面的石凳上，高高地堆着各种体育器材——拖着带子的铁饼、跳远负的重物、摔跤戴的皮帽，练习用的钝顶标枪——有时还会有一只剥了皮的野兔，可能是某个运动员从当地猎户那里买了准备晚上吃的。这里如此拥挤，希伯达勒斯发现很难找到空地儿脱衣服。尽管奥运会前气氛紧张，但是在训练期间，普通市民不会被禁止进入更衣室。体育场就像是雅典人的集市、学校和高等学府的综合体，充斥着社交俱乐部一样的兴高采烈的气氛。老友们在此相聚，飞短流长。好奇的看客注视着名流们，自诩的专家们研究着不出名选手的体型，数学家们和门生们一起埋头研究几何问题，而哲学家们柔声歌颂着灵魂的不朽以及竞技体育在一个理想社会中的作用。米开朗基罗不得不通过尸体解剖来学习解剖学；希腊画家和雕塑家则通过研究运动员如何练习柔软体操，来提高他们的绘画技巧。事实上，看起来似乎所有的希腊人都汇聚到更衣室里来了。小男孩们打着响指，遛着流着口水的猎犬。斗鸡在角落里互相踢斗，引起赌博者一阵阵大声叫喊。这个社会大熔炉，还是推进肉体关系的良好场所：体育场可是出了名的发生临时关系的场所，在这里，年长的男子常常会对轻浮的青少年下手。

希伯达勒斯找到了一个角落，更衣并不需要太长时间：他轻快地脱去了皮质便鞋和宽大的内袍。希腊人非常清楚，裸体进行竞赛是一种不寻常的习俗，他们的历史学家也努力解释，为什么缠腰布会被摒弃。有的学者称，一位雅典选手曾经在竞走比赛过程中，因为缠腰布脱落，被绊了一跤，这促使城市的长者宣布从此所有的运动员都要裸体参加比赛。另一些学者则认为，这个习俗源自麦加拉城的赛跑运动员奥斯波斯，他认为脱了缠腰布可以跑得更快——并通过在公元前720年的奥运会短跑比赛中取胜证明了这一点。当代的历史学家，则努力将裸体习俗阐释为对古代宗教仪式，某种宗教习俗，甚至史前的狩猎传统的追溯，因为当时男人们要在身体上涂油来掩盖人体气味。但是最真实的答案也许是最简单的：赤身裸体，可以让希腊运动员们充分地展示自我，让他们有机会炫耀自己的身材，这样裸体男人的形象就在体育场文化中根深蒂固地保留了下来——事实上，gymnos的意思就是裸体。没有哪一种文化能够像希腊文化这样，自负而肤浅地崇拜完美的肉体而毫不羞愧。松弛苍白的皮肤是被嘲弄的对象，瓦罐侧面的雕花中显示，肥胖的男孩子遭到同辈的嘲笑。不管是有意还是无意的，希腊人的裸体还具有祛除社会阶层的强大象征意义。这连同希腊人的倨傲，震惊了其他民族的文化观，外人会担心，裸体运动会助长肉体的堕落。外国贵族会大吃一惊，因为希腊的富人们愿意摆脱一切代表社会地位的符号，并屈尊降贵地和下等人混在一起。很多人都知道，甚至连马其顿的统治者亚历山大大帝这样超凡脱俗的英雄，也拒绝上场参加体育比赛——他说他只能和其他国王同场竞技。

希伯达勒斯将长袍和鞋子抛到一个篮子里，并将它挂在石钩上——其中还有一些个人物品，可能仅仅是一瓶香水和洗澡用的金属美体小工具，他还摘下了图章戒指，防止摔跤时误伤对手。他给了侍者一枚铜币，让他照看他的物品，因为小偷们经常光顾这些繁忙的更衣室。哲学家第欧根尼(Diogenes)曾经撞见一个鬼鬼祟祟的家伙躲在暗处，于是讥讽地问：“你到这儿是要按摩还是要抢劫啊？”在雅典，对于这种社会寄生虫的惩罚是死刑。罗马时代的浴室中，针对偷衣服的小偷，雕刻着这样的诅咒：“要让偷了我衣服的家伙不能睡觉或者健康地生活……”他们深深地希望：当小偷得知他们被诅咒的时候会感到内疚，并归还所偷窃的东西。

脱去衣服后，希伯达勒斯的下一站是涂油室。除了水，橄榄油就是希腊人生活中最重要的物品了，这种神圣的香油在运动的每一步中都具有重要的作用。运动员在运动前后和运动过程中，全身都涂着一层这种长效的香油，简直是在橄榄油的海洋里游泳。平常运动时，希伯达勒斯会自己涂橄榄油。按照习惯，将橄榄油倒在左手，然后擦遍全身，但是今天，他用几个铜币雇了一个体育场的“按摩男僮”来为他服务。过些日子，当奥运会的训练升级以后，教练们和职业按摩师们就会对他进行科学的按摩。

侍者们从40加仑的巨大油罐中，将橄榄油倒进铜缸，这些铜缸看起来有些像三足鼎立的大号饮料钵，还配有优雅的长柄分油勺。体育馆配发的橄榄油质量相对低一点，这是阿提卡当地的农民生产的，而更好的供食用的橄榄油源自圣树，需要经过长距离贩运过来，并像葡萄酒一样上税。体育运动要消耗大量的橄榄油：每个成年男人每天使用三分之一品脱，男孩子用得少一些。除了宗教上的意义，橄榄油可以使运动员在运动的热度中保持身体的湿度，也是一种防晒乳液。苍白的北方皮肤在一层橄榄油的保护下备受煎熬，地中海皮肤渐渐地变成了深麦色。一些运动员从头到脚都晒得黝黑，好像他们在烤肉铁叉上被慢慢炙烤过一般，一些诗人夸张地赞美一些男孩子就像“精心雕制的铜像”。

心满意足地涂好了橄榄油之后，田径运动员就可以冲出去开始训练了。但是希伯达勒斯，就像其他所有对抗性项目的运动员一样，还要去最后一站——扑粉室（konisterion)。在那里，他将用粉末喷洒全身。在普通的比赛中，摔跤手通常在对方后背洒上沙子，防止打滑。但是雅典顶级的选手都会选择五彩缤纷的精装盒粉，这些盒装粉就像装在各种调料盒里的舶来香料，在屋子里四处陈列着，不同的品质适用于不同的皮肤类型，就像今天加利福尼亚Spa馆里出售的各种乳膏上面精确标明的一样。根据斐洛斯特拉图斯的《一个体育教练的手册》记载，一种粘土状的粉末对于打开毛孔有特殊的功效，另一种则特别针对油性皮肤，具有绝佳的抑汗功能。一种赤土粉末可以修复干燥皮肤，而另一种黄色粉末则可以提高光泽度——“使好身材锦上添花”。斐洛斯特拉图斯还强调，这些粉末必须均匀涂抹，“靠手腕的流畅手法喷洒，并用手指抹开。粉末应该像一阵细雨洒落下来，而不是一场雷阵雨，这样它可以像柔软的绒毛一样覆盖住运动员的全身。”希伯达勒斯悉心关注着整个过程，因为美学在希腊体育中一直是至关重要的。就像西蒙尼德斯所说的，健康是生活中最美好的，但是第二美好的（诗人赶忙补充说）是“英俊”。

与长笛共舞

希伯达勒斯现在可以做准备活动了，许多活动都是跟随音乐进行的。希腊人喜欢将身体的和谐和乐器的节奏联系在一起，正是他们创造出了早期的有氧操。他可以任意选择活动的小组。在开阔的空地上，一些运动员在用牡鹿胫骨制成的长笛伴奏下，前后悠荡着像哑铃一样的铅块儿。有些人在做小步跑，有些在做原地起跳，还有的在做脚跟踢臀跳，所有这些都是跟随高亢的音乐进行的。(在斯巴达，姑娘们也可以接受训练，有一个姑娘在她的回忆录中宣称，她把这最后一项运动做了一千次。)

我们可以通过古代的一本自助手册，由杰出的内科医生盖伦在公元二世纪写的《怎样保持健康》*(How to Stay Healthy)*，来了解希伯达勒斯怎样进行更为严密的锻炼活动。这位医生分不同章节详细说明了腿部，上肢，和腹部的准备活动，每一章还细分为三个部分：控制运动增强肌肉弹性。快速运动增强速度，剧烈运动增强力量。在第一组运动中，建议运动员搬运重物，攀爬绳索，或者伸展双臂，让同伴帮助拉伸躯体。快速运动包括在地面上前后翻滚，不断缩小圈子奔跑，翘着脚站立，快速摆动双臂。剧烈运动也是一样，但要加上负重，并且强度更大。例如，赛跑运动员会穿上超重的盔甲沿着神圣的跑道奔跑。

具体项目的训练又是怎样的呢？我们知道，拳击手云集在悬挂着拳击沙袋的房间里，这些拳击沙袋用动物皮制成，里面填上谷粒，沙子或者无花果的种子，像烟熏火腿一样从房梁上悬垂下来。打空想拳是极为普遍的，在训练季节，对观众也是非常有吸引力的，观众们大声叫喊助威，就好像真的在进行一场比赛。对于摔跤手希伯达勒斯来说，训练课程更加系统。由于在奥斯莱卡（Oxyrhynchus，希腊在埃及的一个殖民地）发现了罕见的蒲纸碎片，上面是一个自助训练手册，我们才得以清楚地了解他可能进行的训练。（由于容易受到湿气侵蚀，许多蒲纸经过很长时间之后都分解了；我们现有的大约70%的蒲纸都来自尼罗河畔的这个古镇，经过了数个世纪，那里干燥的沙子将蒲纸保存了下来。）训练手册列举了一系列擒拿方法，一个摔跤教练冲着他的学生吼道："你，右臂抱住他的后背！你，脚下站稳！你，上前攻击！你，转身！你，抓住他下体！"

对希伯达勒斯来说，一天的训练可能以手球放松赛结束，盖伦称之为"最令人满意的全身运动"。每个体育场都有一个封闭的场地，在那里，运动员可以练习将一个小皮球击来击去，常常进行几个小时来锻炼臂力。另一项比赛，需要多人参与，希腊语叫做bapastum，两个或者多个人将球抛过站在中间的一个人的头顶，中间的人或者跳起来，或者将其他选手摔倒在地，来努力拦截这个球。作家阿瑟尼斯(Athenaeus)这样描述那种友好的气氛："一个选手抓住了球，笑着传了出去……响亮的叫喊声此起彼伏：'出界'，'太远啦'，'就在他旁边'，'越过他头顶'，'太近了'，'将球传回争球位置'。"事实上，雅典的吕克昂体育馆，就像其他体育馆一样，雇用了一名专职人员，专门负责管理球类活动，但是令人不解的是，我们几乎不知道当时流行什么球类活动。雅典的浮雕显示，运动员在大腿上颠球，看起来像今天的足球明星，并使用绷着动物肠线的球拍朝着墙壁打球，有些像早期的长曲棍球。"天空球"（Urania）指的是有人向一群运动员抛去一个球，这群人跳起来抓住这个球，就像现代的篮球运动员们跳起来抢篮板球。

但是有关团队的球类活动是怎样的呢？荷马玩过橄榄球吗？古怪的是，英国的历史学家曾经郑重其事地思考过这个问题，他们抱着一线希望，即他们喜爱的团队比赛有一个古典主义的起源。“万一哪一天我们找到证据，发现希腊男孩子们在踢足球呢？”诺曼·加德纳(Norman Gadiner)在1930年充满渴望地说。“中国人肯定是很早就踢足球了，中世纪的意大利人也有着对应的卡尔齐奥(Calzio)比赛……”他指出，希腊人和罗马人都有一种充气的球，希腊语叫做follis，但是，竟然没有人会想起来踢它一脚，这似乎实在是匪夷所思。“目前，我们还不得而知，”加德纳感叹道，“我们只能寄希望于未来的发现。”今天，我们仍然在等待。我们能够找到证据证明的古代惟一真正的球队比赛，便是斯巴达人发明的，希腊语叫做episkyros，在一个用白色石头作为标记的开阔场地上进行。规则并不清楚，但可以肯定，两支球队把一个小皮球抛来抛去，迫使对方退到防守线以后。根据这种空中掷球和大力冲撞的特点，一位历史学家将其比作没有规则，头盔，护具的美式橄榄球。但是这种球赛并没有在希腊的其他地方举行过。

运动场上的巨匠

通过磨砺一名天资出色的运动员，

一名教练，在神的昭示下

可以使自己蜚声远近。

——匿名，公元前450年

公元前六世纪，克罗顿(Croton)的米罗在少年时代的力量练习课程，就是在意大利南部的农场里，每天都举起一头小牛犊，一直坚持到小牛长大。依靠这种天然的鹦鹉螺健身器（美国的一种健身器品牌），这头意大利的小雄马不断壮大，直至成为奥运会最伟大的摔跤冠军之一，他先是在公元前540年的少年组比赛中夺魁，然后在20年中连续五次蝉联奥运会摔跤冠军——这个纪录在近12个世纪的奥运史上无人能破。

但是，大多数像希伯达勒斯这样有奥运前途的选手，会更实际地聘请私人教练。这些私人教练在古希腊体育史上是举足轻重的人物，在运动员需要在奥运会前进行的十个月训练期中，他们提供的服务从来都是供不应求的。他们通常是退役的运动员，超过了40岁，在解剖、营养、医药和理疗方面具有实践经验。教练通常是粗暴而没有接受过良好教育的：有些只会签自己的名字。但是许多人都是经验丰富的专家，训练计划非常详细，或者是对体育或对名望有着持久的热情。扬名立万的魔力是万能的。顶级训练员的名字会和在奥林匹亚赢得橄榄冠的运动员永远相连，刻在纪念碑上流芳百世。教练们可以参加奥运会的所有仪式，并在体育场中有自己的专用区域；在庆功宴上，教练可以坐在冠军的身旁，还可以在庆功游行中和冠军肩并肩向前行进。此后，他们可以公布自己的技术——甚至写一本自己的训练手册。

有些教练是很神奇的人物，他们具有传奇般的提高士气的能力。在公元前520年的奥运会上，拳击手格劳克斯(Glaucus)几乎要认输了，这时他的教练大吼，“给他看看犁的厉害！”——他指的是有一天，格劳克斯还是个少年时，在农场上，空手掰直了一个弯曲的犁头，从而第一次展现了他的力量。年轻人显然精神一振，用力一击，像推倒一棵树一样推倒了对方。其他教练则把“不胜利，毋宁死”的警句铭刻于心。一个叫做阿希支翁的摔跤手，被对手扼住了脖子，马上要举起手指示意认输了，但他的教练声嘶力竭地喊道，“噢，多么美妙的碑文！他在奥林匹亚从未放弃！”——这是一句军营格言，用来赞扬那些永不投降的人。阿希支翁被这些感人的话所鼓舞，战斗至死。另一个不知名的教练更是夸张，当他的摔跤手做出投降动作的时候，他冲上前去，用一个尖锐的金属器具扎死了他。派利恩(Pellene)的选手普洛马修斯的教练，则使用了较为巧妙的心理学。他得知自己的年轻弟子处于热恋当中，就骗他说，如果普洛马修斯在奥林匹亚夺魁，姑娘就会许他芳心。被这虚假的诺言所激励，在公元前404年的搏击比赛中，普洛马修斯击败如林高手，一举夺魁。

当许多教练都在研发自己的“科学”训练计划的同时，塔林敦的选手伊科斯，公元前444年的五项全能冠军，率先往前迈了一步，写出了自己的教科书。教科书已经失传了，我们所知道的就是他主张训练和饮食要适度。还有一大批其他明星运动员也紧随这种风尚，在蒲纸卷上撰写论文，并由地中海出版商的大批奴隶抄写流传。这些五花八门、数以百计的古代训练手册，可谓是《翘臀》(*Buns of Steel*)（美国的一种系列健身操录像带）、《超级腹肌》(*Super Abs*)和《两周塑造完美身材》(*Total Fitness in Only Two Weeks*)的默默无闻的雏形。

斐洛斯特拉图斯著名的《一个体育教练的手册》著于公元三世纪，它在1844年在君士坦丁堡的一个档案馆里发现的，后来丢失了。50年后，又在奥特曼手稿拍卖会上重见天日。这本手册向我们展现了教练员兴趣之广泛，包括了专治饮食过度的按摩，治疗饮酒过度的健身操，以及如何通过运动员的眼睛颜色判断他的特性。该手册还阐释了怎样治疗焦虑，失眠、贫血、重汗或者纵欲过度。（主要是通过自我控制——“什么人，”作者问道，“会宁愿屈从于可耻的欢愉，而不去欣赏神圣司仪的花冠和宣告呢？”那些苦于“每夜习惯性遗精”的人则被建议做特殊的锻炼。）读者从中得知，吹北风的时候进行日光浴比较健康，因为此时的阳光“纯净有益”。还有关于如何平衡身体四种体液的神秘讨论，这可是所有古代内科医学的基础所在。（理想的运动员体质应该是“温暖潮湿”，作者沉吟道，——“这些人粘液和胆汁稀薄，没有渣滓、杂质和多余分泌物。”）斐洛斯特拉图斯还抱怨困扰着希腊体育的过度理论化的训练系统。所有的古代学者都热爱抽象的公式——它们会产生一些古怪的健身训练课程。甚至连雅典的哲学家们也发明了健身计划，尽管他们没有任何实践经验。（哪种运动能够创造道德高尚的公民呢？他们百思不得其解。）

在斐洛斯特拉图斯的时代，有种叫做四合一系统的训练计划特别流行。运动周期为连续不断的四天，其中第二天进行极限训练，让运动员的体能几近耗尽。大强度的训练导致许多人伤亡：在公元209年赢得了奥运会摔跤比赛的桂冠后，埃及裔的希腊摔跤冠军吉伦图斯刚刚离开一个狂饮派对回到体育场时，便感到宿醉带来的阵阵不适，但是他的教练不允许他中断严酷的训练课程。在训练中，吉伦图斯突然心脏病发作，猝死。在雅典城外的高速路旁，旅游者可以看到他的墓碑，向后人告诫僵化的训练所带来的危险。

许多希腊医生都为这些伪科学手册大行其道而惊诧，并纷纷指责这种现象。著名的盖伦医生曾经尖锐地指出，这些教练作家常常是些失败的运动员——一些教育程度不高的人，从做着冠军梦的运动员的无知和轻信中渔利。他指出，这种针对性过强的过度训练课程，有害无益，产生了一群愚笨丑陋，拥有扭曲而比例失调的青蛙状身材的希腊运动员，进行野兽般的残酷比赛。但他无望赢得这场口水战。教练员在体育场仍是至高无上的，而希腊公众对于流行理论仍然趋之若鹜——尤其是对于健康食谱。

从远古时代开始，运动员应该消化吸收哪些食物，就被视为和训练课程同等重要，希伯达勒斯的教练也拟订了一份详尽的进餐计划。

根据古代传统，开始时奥林匹亚人和普通希腊人一样，有着一份简单平衡的食谱，浓稠的菜汤、面包、奶酪、橄榄、水果和蜂蜜饼。当斯蒂恩法罗斯的选手德罗默斯靠着全肉食谱，赢得了公元前480年奥运会的两项竞走比赛时，高蛋白的饮食引起了普通希腊人仇恨和愤怒，因为他们负担不起昂贵的肉食。摔跤手和拳击手都开始狼吞虎咽地进食牛肉、猪肉、羊肉， 成为了“牙齿的奴隶和肚子的受害者”（戏剧家欧里庇得斯语）。

是时，流行食谱多不胜数。知识渊博的美食家们会就池鱼、海鱼哪个更利于健康而进行辩论。是吃海草的鱼对你更有益，还是吃水藻的鱼呢？有些人主张吃猪肉——但是这猪一定要是用山茱萸果或者橡果喂养的。海边饲养的猪对健康是有害的；在河边饲养的猪就更糟糕了，“因为他们可能是用蟹子喂养的。”精明的教练不只是注意到盘子里有什么，他们还建议弟子们避免在用餐时进行费神的谈话，因为这会阻碍消化，还会令他们头痛；他们还会权衡餐后打嗝的方式。各种极端的饮食概念层出不穷。斯巴达的查密斯，公元前688年奥运会的短跑冠军，主张除了干无花果以外，什么都不吃。色诺芬建议运动员不要吃任何面包，这是历史上第一份无酵母食谱。毕达格拉斯学派的人反对他们的运动员碰豆子——但是盖伦医生却向角斗士推荐一份豆制品含量很高的食谱，前提是豆子要煮好，否则会令肠胃胀气。希波拉底学派的人认为奶酪是一种“邪恶的食物”，尽管普遍认为奶酪是荷马式超人英雄的主食。最后，与今天的饮食风尚颇为相似的是，希腊健康食谱互相矛盾，因此没有任何意义。

蒸汽带来欢愉

一天的训练结束了，我们的希伯达勒斯筋疲力尽，满身尘土，走向浴室，那里狮头状的水龙头，喷射着热水和冷水。通常有几注水是从头顶喷下来的，就像现代的淋浴，注入盆、桶，或者坐浴盆。此时，橄榄油又一次成为了万能的乳液：运动员洗澡时把它当做香皂和洗发水，其中混入清洁粉末（他们可以选择一种用灰制成的碱液、一种研磨得很细的粘土，或者是一种碱(litron)）。接下来，他用一种铜质的半月形工具，即刮身板(stlengis)刮去这种粘稠的混合物。但是即使清洗完毕，运动员的肌肤也不能离开橄榄油片刻：按摩师在橄榄油中混入几滴香精，这些香料是从花朵里提炼出来用做除臭剂的，然后迅速将这种神圣的液体重新涂到运动员身上。

有些希腊卫道士指责浴室大量泛滥，滋生了软弱和懒惰。他们伪善地追忆荷马时代的英雄，无论春夏秋冬，他们只在野外的河流里洗澡。当然，没有运动员会同意这样做。罗马人非常看重个人卫生，在公元一世纪时，他们在希腊引进了更加复杂的三合一浴室，也就是热水浴室，每个浴室都带有三个蒸汽房，和若干温度不同的深水浴池。在雅典，他们建造了庞大的洗浴城，同时招待男宾和女宾，并配合希腊体育馆的运动功能，设立了餐厅、酒吧、图书馆，甚至妓女的包房。

现在，可以让我们的运动员希伯达勒斯先待在浴室里，再回头看看卢西安对话录中提到的那个高贵的野蛮人阿那卡雪斯，他还在继续参观吕克昂体育场。对于这个野蛮人来说，法律改革家梭伦对希腊体育场文化的解释时而让他迷惑，时而让他觉得十分好笑。但是，当阿那卡雪斯逐渐了解奥运会以后，他感到最不可思议的就是，大批观众聚集在这里，仅仅是为了观看比赛。“我为运动员感到抱歉，更为观众感到遗憾。你告诉我希腊最重要的人物都热爱观看体育比赛，但是他们怎么可能在这样无聊的事情上如此浪费时间呢？他们应该不会真的从观看比赛中得到快乐——人们被殴打，被摔到地上，然后被打得皮开肉绽！在我的国家里，如果一名公民殴打他人，即使只有几个证人，他也会面临刑事指控——更不用说这里有几千名证人聚集在这个大型奥运会上了。”他讥诘道，难道在公众面前遭受侮辱的运动员，就被视做“接近众神”吗？

导游梭伦有点生气了，他说，如果阿那卡雪斯到伟大的奥运会现场去看看，他就会转变观念。当他身临其境，加入欢呼的人群，看到运动员展示力量和技巧时，他“就会禁不住鼓起掌来。”

第三章

倒计时

◎粉刷体育场的化妆室：16 个希腊银币（付给巴斯恩）

◎除草并平整体育场跑道：21 个银币（付给斯密尔耐奥斯）

◎挖掘并平整跳远坑：220 个银币（付给斯密尔耐奥斯）

——出自德尔斐奥运会准备工作账本，公元前246年

每隔四年的春天，厄利斯城便会派出三个神圣的司仪——奥林匹亚圣地就在该城邦的管辖区域内——宣布即将到来的宙斯运动会日期。希腊人期盼这几位盛装官员的大驾光临，就像等待一个多姿多彩的节日。一名司仪骑着骡子，穿过牧场和河谷，他的华丽身影很远就能辨认出来：他穿着紫色长袍，头戴橄榄冠，手执圣旗，或是一支雕有一对盘蛇的权杖——这是众神的信使，长着双翼的赫尔墨斯所使用的。他的行囊里装着奥运会的赛程。日期是通过一套复杂的公式算出来的，要保证五天的会期中间那一天恰好是夏至后的第二个月圆之日。这意味着奥运会通常是在八月或九月初召开——那是每年收割季节和摘收橄榄季节之间的农闲时分。

三个司仪非常享受这史上最初的大型公务旅行：他们各自穿梭于希腊大陆和爱琴海上的岛屿之间，每到一站都受到了君王般的款待。司仪每到一个城邦，一进城门就开始受到热情款待，并受到当地“侨办”——厄利斯设在当地的办事处人员的迎接。来宾沐浴之后，便被宴请去享用当地的美酒佳肴。次日，他将被带到该城邦的委员会或议会，在那里，他用美妙的声音宣读本届奥运会的邀请书，以及奥运会神圣休战协议，并被致以崇高的敬意。然后继续享用精美的国宴。

奥运会神圣休战协议是古代世界里最非凡的传统之一。协议强制要求全境休战——对于希腊人的连年征战，这几乎是一道被施了魔法的禁令——协议还规定，由宙斯亲自执行协议条款。在这神圣的和平时期，不可以进行任何军事进攻，不可以审判案件，不可以执行死刑。此举主要目的是为了保证运动员和观众能够安全抵达奥林匹亚，并使整个厄利斯地区在大会期间不受侵犯。最初奥运会前后一个月都是休战期，但是当来宾开始从更边远的地方，从希腊在意大利和小亚细亚的殖民地赶过来的时候，休战期延长为前后各两个月。（遥远的地方，比如荒远的岛屿和希腊在地中海沿岸的殖民地可能是通过信件来通知的。）协议条款是在公元前776年时，为举办第一届奥运会而制定的，并铭刻在一个巨大的金色铁饼上，悬挂在奥林匹亚的赫拉神庙内。尽管曾经发生一些臭名昭著的例外状况，休战协议一直都得到了遵守。

司仪们比奥运会提早两个月到达，正式开始60天的奥运会的开幕倒计时。但是对于奥运会组织者自己——厄利斯城的当地贵族来说，筹划早就开始了。奥运会会期可能只有五天。有些游客可能会认为，这不过是夹杂着些兴奋的混乱集会，但是，这其实是经过了幕后组织者的精心组织，否则奥运会将完全是一盘散沙。这些幕后组织者不仅要准备好体育设施，培训裁判，拉赞助，还需要计划后勤供应事务。

举办奥运会是一项需要全身心投入的工作。

世袭的主办方

今天，几乎没人听说过厄利斯城。它的遗址坐落在奥林匹亚以北40英里处，现在仅剩一片残垣断壁；即使在古代，那里基本上也是一座寂静的边陲乡镇。然而，厄利斯人世代都是辉煌的奥运会的正式管家。

这是个由地主们构成的紧密的小团体，他们的财富来自饲养牛群和马群。他们看起来似乎并没有实力举办古代世界这个最伟大的盛会，但是他们在这项无可动摇的希腊传统中却发挥着举足轻重的作用。厄利斯的国王伊菲托斯(Iphitos)在公元前776年宣告了第一届奥运会根据神的旨意召开。当时希腊正饱受瘟疫和战乱之苦，绝望之下，伊菲托斯征求了德尔斐神谕。他被告知惟一解除诅咒的方法就是在他的城邦之外40英里的奥林匹亚举行体育比赛。伊菲托斯照办后，瘟疫消失了。在随后的数个世纪里，厄利斯的统治阶层从本阶层选择出奥运会的裁判，并事无巨细地操办该项盛会。

幸运的是，这些厄利斯人看起来还是一个经验丰富，受过良好教育并能力较强的小集团。他们在古典主义时代就建立了一个高效的体育组织，其中有一个万能的奥委会，由24个时间充裕的农牧主组成，总管整个赛事，总体安排赛程，或增加新的项目。这是一个立法委员会，将规则代代相传下来。但是每届奥运会最显眼活跃的官员是十个奥运裁判，他们被尊称为希腊法律卫士，其职责比今天任何奥运会裁判都要宽泛得多。

这十个裁判不仅仅执法赛事，还要安排奥运会日常事务，甚至还要监督奥运选手的最后训练。他们各有分工：三名裁判被派去执法马术比赛，三名负责五项全能，三名执法其他项目，第十名裁判负责协调其他裁判的工作。在奥运会期间，他们可以实施罚款或发出鞭笞的指令，并且他们所有的判决都是决定性的；只有向奥委会提出上诉，才可能推翻判决，但是运动员不会轻易采取这样的行动。在比赛前十个月的选拔期开始之后，这些高级官员就获准像奥运会司仪一样身着紫色长袍，在厄利斯城里逛来逛去，这样的服饰是为了向伊菲托斯致敬，他曾经是第一届奥运会上的惟一裁判。社会各界对这个职位的争夺一定非常激烈，他们都是贵族，都来自厄利斯城的统治阶层。选拔裁判的程序非常复杂，无疑也不乏争论，结合了投票和抽签两种方式。该职位是一项至高无上的荣誉，尽管事实上这项工作极为费时，没有报酬，花费巨大。裁判们常常用自己的资金来补贴意外的花销，比如另外雇用场地管理员或为牧师购买新的长袍。

尽管奥运会裁判非常公正，简直到了神奇的地步，但厄利斯人可以参加比赛这一条偶尔还是会引起不满。在厄利斯那个紧密的圈子里，一个裁判可能会看到自己的朋友或亲戚参加比赛。更古怪的是，裁判本人也可以让自己的马参加马术比赛，也就等于自己参加了比赛。根据希罗多德的说法，厄利斯城在公元前590年，曾向古代智慧的发源地埃及派遣特使，就强化奥运会规则征求意见。法老审查了整套规则，表示为了使裁判工作完全公平，避免所有徇私舞弊的可能，厄利斯城公民不应该获准作为运动员参加比赛。特使们客客气气地向法老表示感谢，感谢他明智的建议，但是从来没有予以采纳。然而，丑闻还是非常罕见。大体来说，厄利斯裁判还是非常受尊敬和爱戴的，而且奥运会在希腊所有比赛中，名声是最“清白”的。比如，一个希腊体育迷就曾经评论说，厄利斯裁判表现得“好像是和奥运会运动员一起接受审判，小心翼翼，不敢犯任何错误。”

从牛圈到体育场

至少在一方面，举办古代奥运会还是比在现代社会要容易一些。由于今天奥运会场所遍布全球——而每个主办城市为举办这场奢华盛会，都会遇到一大堆后勤问题，而在发源时期，这项盛会只需要固定在一个绿阴掩映的地点举行即可。奥林匹亚是圣城厄利斯城外约40公里处的一个宗教建筑密布的圣地，连续293届奥运会都在这里举行。

此地的自然环境美丽动人——散发出“在这片山峦起伏的土地上很少能感受到的平和的魅力”。（某历史学家语）一片肥沃的冲击平原上，20多座大理石建筑拔地而起，北面青松覆盖的群山，南临阿尔斐斯河，西依哥罗底亚斯河。圣地的核心，即宙斯的神域小得惊人：希腊人称之为阿尔提斯(Altis)，其实就是面积仅有6英亩的用墙围起来的封闭区域。但是这是未启蒙世界中的最伟大的朝圣中心，因为这里有三座著名的神庙，分别供奉宙斯，他的妻子赫拉，以及他的母亲瑞亚。在这些高大建筑之间，还星罗棋布地散落着大约70座祭坛，包括希腊万神庙，佩罗普斯（Pelops）英雄墓和许多雕塑，石碑、神像和平民纪念碑。在两届奥运会之间，这个边陲城镇平静的精神生活不会受到外界打扰，这里只有大约50名职员，包括（一则碑文告诉我们的）

三个牧师、一名长笛手、一名倒酒师、一名钥匙管理员、一名屠夫兼厨师和一名导游，来接待寥寥几个虔诚的朝圣者和游客。

奥林匹亚当然是美妙的，但作为大型集会的场所，它还有很多不足之处。那里是一个偏远地区，几乎没有什么住宿的地方，而且体育设施也惊人地简陋，并且经过长长的休会期，已经年久失修了。公元前三世纪，神域边上建造了一所摔跤学校，但是直到公元五世纪才建造了体育馆，此前运动员都是露天运动的。神庙群的东边坐落着一座体育场和一个跑马场，但是过了赛季，就没人维护了。事实上，当地村民平时就把这里当做羊圈和牛圈。经受了冬雨的冲刷和夏日的暴晒之后，体育场两边的斜坡已经是灌木丛生，跑道也不再平坦。为了使体育设施恢复使用，每隔四年的春天，奥林匹亚就会有一群人蜂拥而至，开始清理，蛰伏的圣地从睡梦中惊醒，这支劳工大军要对这里的环境进行一次彻头彻尾的翻新。

劳工大军从厄利斯城跋涉40英里，赶着他们的骡车，沿着专门修建的大路来到这里，这条大路上铺着平滑的石头，并修筑了两条车辙。新鲜的白土和砂浆这样较重的物资要从伯罗奔尼撒半岛的西岸，用驳船逆流运输15英里才能到达。其他人手可以从奥林匹亚的许多避难者中找到——难民有权在希腊的任何圣地寻求庇护，直到解决了他们的法律问题为止。厄利斯城的能工巧匠们，在奥林匹亚干活儿的手艺是世代相传的，他们在周围的空地上支起帐篷，建立了一个工人营地。在春天那煦暖的阳光里，他们开始挖出摔跤场地，铺上新鲜的白沙，平整跑道，挖出新的跳远坑和水井。

在德尔斐发现的一则公元前246年的碑文可以让我们更深入地了解希腊体育场所是怎样维修的。碑文上面列出了德尔斐本地很有名气的皮提亚(Pythian)运动会付给劳工的费用，该运动会是在与奥运会不同年份的夏季举行的。(一位现代历史学家曾经通过比较当时和现在的橄榄油成本，巧妙地把价格换算成了今天的货币。40升的一罐橄榄油在古希腊成本是18个银币，而今天一升橄榄油的超市价格是10美元。这样，一个银币相当于我们的22美元，尽管在做比较的同时应该知道，一个熟练的希腊工匠在波利克里兹（约前495～前429）时代每天只需支付1个银币薪水，也就是22美元。）希腊人所惯有的专业精神和对细节的追求将在奥林匹亚的工作中彰显得淋漓尽致：

◇挖掘和平整体育馆的练习跑道：814 美元（付给阿加扎罗斯）。

◇维修体育场入口：566 美元（付给尤西达莫斯）。

◇维修得墨忒耳女神神像后的墙壁：1298 美元（付给克莱翁）。

◇建造跑道的 36 个转弯旗杆：528 美元（付给阿加扎罗斯）。

◇清理卡斯达连喷泉和它的蛇法女妖喷头，并修建护栏：396 美元（付给克莱翁）。

◇270 蒲式耳白土，用来铺垫铺好的练习跑道，每蒲式耳 6.42 美元：1732.50 美元（付给阿加扎罗斯）。

在奥林匹亚，古代雕像随处可见，美术专家大批涌入，监督修缮工作。珍贵的金属重新焕发了光泽，神庙的彩色山墙得到了润饰。宙斯神庙屋檐上的狮子头状的水龙头必须经常更换——曾经有 102 个这种非常优雅的精美物件用来排干冬天的雨水，但是由于太重，很容易折断。同时，当地的村民将新鲜的橄榄油涂抹在 40 英尺高的宙斯神像上，以保护珍贵的象牙不受湿气的侵蚀。（这些工人被称做“抛光机”，人们认为他们是创作宙斯神像的艺术家菲迪亚斯的后代。他们能做的只有这些了。到公元二世纪，神像超过 500 岁的时候，游客们发现神像内部遭到了鼠害，他们称，老鼠的叫声使得信众心神不宁。）

与此同时，招待来宾的任务就落在了私人企业身上。奥林匹亚位于地广人稀的乡间，流动商贩聚集到那里，争夺着诱人的市场。这些小商贩们必须拥有营业执照，而且厄利斯城指派了一名市场督察，当场对以次充好和价格欺诈行为进行处罚。商人们来监督自己包房的建设情况，并带来成群的牲畜，圈起来以备祭祀之用。

奥运盛会开始初现雏形，它看起来像一个乱七八糟的露天集市，虽然令人印象深刻，但是这熙熙攘攘的场面还不是最热闹的。

真正的热闹还在厄利斯城内，在那里，奥运会开始前整一个月，踌躇满志的运动员们就陆续抵达了。

第四章

奥运新兵训练营

> 你说你想当奥运冠军，等等。先想想这意味着什么……你将不得不把自己的身体交给教练，就像交给医生一样。你将必须听从各项指令。你将不得不舍弃甜点，只在固定时间进餐，不论酷暑还是严寒。你将被禁止喝凉水。即使葡萄酒也在被禁之列。然后，在比赛中，你必须去使诈，被人欺骗也不可避免。至于扭伤手腕，脚踝骨折，吃进满嘴沙子，遭到鞭打，这都将是家常便饭。甚至在忍受这一切之后，你还可能会落败！
>
> *——爱比克泰德，禁欲主义哲学家，公元前一世纪*

在夏至之后的第一次月圆的时候——奥运会开始之前30天——每个想要参加奥运会的运动员都必须亲自到厄利斯城，在裁判的面前进行登记。最初的奥运村其实是在厄利斯这座主办城市，而不是奥林匹亚圣城。踌躇满志的运动员们蜂拥而至，按照规定，在整个仲夏，他们必须一起进行隔离训练。对于一个现代的运动员来说，这项传统的效果可能适得其反，甚至是纯粹的虐待：已经在私人教练的指导下训练了九个月的运动员们，突然得服从完全陌生的训练课程，这种准军事化的严厉课程在整个希腊都是出了名的，充斥着烦琐的纪律和令人不堪的惩罚措施。但是，这种训练实际上是要去芜存菁，将较弱的运动员淘汰出去，只留下精英中的精英，来最终参加奥林匹亚的比赛。

这种艰苦的磨炼也是具有象征意义的：正是通过这段时间的管理，厄利斯人才能够确立对本届比赛的绝对控制权。运动员们是接受这项制度的，他们通常带着由父兄组成的亲友团，而富人们则带着大批随从和按摩师。教练员们也紧随其后，但会安静地待在一旁：如果他们质疑厄利斯人的训练计划，就会遭到鞭笞。

厄利斯城的客人们会看到一个也许并不特别吸引人，但也称得上宜人的城市，它的四周环绕着富饶的农田。公元二世纪，古代的旅游手册作家包撒尼雅斯曾以寥寥数笔总结过此地的旅游景点，并注明，此地在美术或建筑艺术方面乏善可陈。但是，大批雄心勃勃的运动员们的到来，打破了厄利斯的沉寂。我们没有找到文字记录，可以说明每届奥运会之前会有多少人到来的。然而，希腊大陆就有超过700个城邦，在地中海沿岸，还有250个希腊殖民地，不难想像，会有800多名成年运动员参加18个项目的角逐，还有包括马夫、仆人、按摩师、家庭成员以及教练员在内的后援团。还有大约两百名少年参加少年组比赛，使得这个数目有增无减。厄利斯城的气氛一定是非常热闹的——特别是市中心的市场被清理出来用做练习马道之后。厄利斯城的贵族以其拥有的种马畜牧场而闻名，他们愉快地和来访者一起在没有加马鞍的马背上策马扬鞭，拉着漆亮的马车，从早到晚，雄赳赳地在优雅的神庙之间疾驰。

对于新来的人来说，第一要务便是将自己介绍给十名奥运裁判，并宣布自己要参加哪个项目的角逐。这项手续是在希腊裁判会馆进行的——这里有一条僻静的道路通向体育场馆，在高级官员为他们做规则培训的十个月里，这就是他们的办公室和住所。每名运动员必须证明他是拥有自由身份的希腊人的合法儿子，没有犯过谋杀或渎圣罪，并已经在他的出生城邦的公民名册上登记注册。“希腊血统”有时是很微妙的：阿尔戈斯城的一个贫穷的渔民可能轻易就能通过审查，因为他的希腊血统无可争议，但是从远一点地方来的贵族们，却要拿出复杂的家谱证据，甚至可能要从《荷马史诗》中引经据典，才能证明他们的家乡和希腊有着传说中的关联。希腊在公元前338年被马其顿征服，又在公元前146年被罗马人征服，从此，裁判们就根据实际情况，放松了概念界定，只要讲希腊语的人都可以参加比赛。

运动员可以为奥运会改变国籍——甚至可以为此接受金钱。克里特岛的选手索达底斯是公元前380年奥运会的长跑冠军，他接受了一笔现款，就在下一届奥运会中改为以弗所(Ephesus)效力了。这也许合法，但索达底斯在他的故乡当然不会受到欢迎：被激怒的克里特人把他的家变成了一所监狱，并推倒了曾经为他的胜利而树立的纪念碑。然而，堂而皇之地向裁判撒谎是会受到严厉惩罚的。一个斯巴达人为逃避公元前420年对其国人的禁令，宣称自己是皮奥夏人(Boeotian)，因而遭到了当众鞭笞。

截止日期过后报名的选手必须提交患病或者轮船失事等等的有效证件才能获准参加比赛。公元93年，一个亚历山大来的拳击手——他有个迷人的外号，叫做“洒水壶”，因为他可以让对手的血洒遍整个拳击场——告诉裁判说，他的船因为逆风耽搁了几天。裁判都要相信这个谎言了，这时叫做赫拉克里德的另一名拳击手发誓说，最近见过“洒水壶”参加小亚细亚的大奖赛。他因此丧失了比赛资格，但是也因此滋生了怨恨：事后他把赫拉克里德重击倒地。裁判随后因为他“败坏大会名誉”，对他施以重金罚款。

不难想像，初次参加比赛的选手来到厄利斯著名的体育馆是多么地激动。他们有三个体育馆可以选择：带一个相邻的摔跤学校和古老的百英尺房间的所谓老体育馆，带神圣跑道的方形体育馆，以及以柔韧的地板而命名的所谓柔软体育馆。

尽管在希腊有着更加恢宏的体育场馆，更不用说小亚细亚的豪华Spa健身馆了，但是在奥运会前的倒数计时时期，至高无上的厄利斯体育馆还是无与伦比的。我们可以想像这样的场景，在六月中旬的一个炎热的日子里，强制性训练已经进行了两周了。希腊男子的精英们齐聚一堂，展示着他们天然的躯体，他们的短胡子削成了一个尖。有些会沿着跑道来回奔跑，有的在规定的区域内抛掷铁饼和标枪，或者在旁边绿阴掩映的河流中游泳。在摔跤学校里，壮汉们戴着无沿便帽，在场地里互相扭打，他们的吼声震彻云霄。随从们在搏击的专用区域内用叉子松土，并往上浇水，这样形成了柔软的湿泥，可以减轻巨大的冲力。在这里，气氛中充斥着古老传统的影响力，而奥运冠军塑像注视的目光更强化了这种气氛——比如克罗顿的米罗和塔索斯的萨金斯就是古希腊运动员里最著名的两个，他们俩都在这里训练过。

什么样的人能在厄利斯的训练场上脱颖而出？对此古希腊人并没有详细的记录，但是我们可以从获胜者名单、铭文以及其他文字记载中，拼凑出奥运会选手的概貌。我们知道，他们来自希腊世界的各个角落——他们首先代表的是个人，国家意识比现代运动员要淡薄一些。他们来自社会的各个领域。就像美国少数民族聚居区的篮球运动，英国贫民窟的足球运动一样，竞技体育也是古希腊增强社会流动性的巨型发动机：一个赤贫的鱼贩子的儿子，可能在某种情况下，从卑微的背景中脱胎换骨，跃上名望的顶峰。

公元416年，势利的年轻贵族阿尔西比亚德斯，曾公开抱怨奥运会上充斥着社会底层的贱民。但是自从奥运会诞生后，希腊竞技体育的民主进程就已经开始暗暗进行了。奥运史上第一个冠军——当时的奥运会仅有一项比赛，就是210英尺短跑比赛——是一个名叫克洛伊布斯的厨师。在接下来的两个世纪里，奥运会的参加者主要还是贵族们——只有他们有闲暇时间来进行训练，也有余

钱前往奥林匹亚，但编年史学家仍然记载下了牧羊人和农场工人的胜利。直到古典时代（公元前480年~公元前320年），奥林匹克开始普及到社会各个阶层：希腊城邦为了弘扬威名，向有前途的运动员提供津贴，或者甚至替年轻人聘请私人教练和提供参赛的旅费。私人赞助者设立奖励基金，运动员协会也开始建立一套奖金制度。有证据表明，在厄利斯一个月的训练期间，运动员的每日补贴标准是几个希腊银币，用以支付参加奥运会的费用。事实上，没有多少社会地位高的希腊运动员会赞同阿尔西比亚德斯对于贫穷运动员的鄙视。奥运会的花名册仍然充斥着富裕家庭的后裔，尽管他们可能会发现自己在和一名橄榄贩子的儿子，而不是和自己一样含着金钥匙出生的青年搏击。

在厄利斯的体育馆里，无论对于穷人还是富人，这都将是令人清醒的一个月：短时间内，候选人数目将被裁减，残酷的考验将淘汰弱者。

选拔过程

对于有些人来说，通向奥林匹亚之路在他们出生前就开始了。当时希腊人认为，如果一个孕妇梦到生了一只鹰，她的儿子注定要做一名成功的运动员。如果一名父亲梦到他在吃儿子的肩膀，他将从儿子的摔跤职业中受益匪浅；如果他在狼吞虎咽儿子的双脚，可以断定，他们家将凭借儿子跑步发财。

事实上，可以说，整个希腊社会都在朝着产生奥运选手而努力。那些在厄利斯取得胜利的运动员，运动生涯可能早在六岁就开始了，那时，他们才刚刚上学，就引起了体育老师（gymnastes）的注意——也就是在城市体育馆工作的体育教师。最初的考验之火在宗教节日期间举行的当地运动会上就已经点燃了。在希腊的乡村地区，物色运动员的过程显得更具有偶然性。塔索斯的萨金斯九岁的时候就被发现是个奥运会的好苗子，当时，他把村里市集上的铜像搬起来放在肩上扛走了。村里的长者们没有惩罚他的失敬，而是将他们的小超人送进了摔跤学校。

我们可以非常清楚地勾勒出一条标准的职业之路。大多数希腊节日都会不吝钱财，大举赏给胜利者金钱和礼物，这可以让一个冉冉上升的体育新星完全依靠比赛来生活。一名有前途的运动员，开始时可以在当地的赛事上争取一定的奖金，并攒足旅费，去麦加拉城、皮奥夏或者雅典这样的大城市，参加声名显赫、奖金丰厚的年度比赛。比如希腊的大奖赛，按照今天的算法，总计应该有约60万美元。赢得短跑比赛的少年可以得到50罐橄榄油，然后他还可以出售（这一票可不小，如果在今天，价值相当于4.5万美元）；成年男子竞走比赛的获胜者可以得到两倍的奖赏。在小亚细亚、以弗所和帕加马这样的富裕城市，胜利者的奖金足够买一座小别墅了。公元前150年左右，总共有超过两百个所谓的大奖赛，提供了丰厚的奖金——在罗马统治时期，这个数字变成了两倍——职业运动员可以通过周游地中海地区，参加一个又一个高预算的比赛，来快速积累个人财富。

运动员要争取的更高一个级别是祭礼运动会——一共有四大运动会，每年夏天轮换举行一个。在这四大赛事中，其中三个在尼米亚（Nemea）、德尔斐和科林斯举行，声望相齐，它们具有象征意义的花冠分别由芹菜、月桂和松枝编就。但是，这三大运动会仅仅是最终通向献给宙斯的奥运会的跳板。精英中的精英，从希腊人中脱颖而出，来到伯罗奔尼撒半岛一比高下；无论一名运动员曾经荣获过多少其他的奖项，奥运会都将是终极的挑战。尽管理论上，最高奖赏不过是一顶橄榄枝花冠，但是它将带来许多物质上的回报。希腊每座城市都对带回奥运会花冠的运动员承诺了巨额的奖金，还有一些附带的恩惠，包括庆功游行、圆形剧场的终生座位、丰厚的养老金、政府部门的职位、免费大餐，更不用提同辈对他的顶礼膜拜了。

我们可以从顶级希腊运动员的纪念碑上猜出他们的收入，在那上面，他们得意洋洋的夸耀自己的胜利。典型的一个要算弗拉维乌斯·迈特罗比亚斯，他在公元85年的奥林匹亚赛场上赢得了长跑比赛：他宣称自己还赢得了140项其他比赛的胜利，其中很大一部分是大奖赛。一个世纪后，M.奥勒留·赫马戈拉斯(M. Aurelius Hermaoras)取得了156项胜利——祭礼运动会的29项和大奖赛的127项，还有奥运会的一顶橄榄冠。早在公元前五世纪，据传塔索斯岛（不可战胜的萨金斯曾经取得1400多项胜利。这些运动员享受着丰厚的奖金，还受到特别的待遇，生活方式非常奢侈，就像今天美国国家橄榄球联盟（NFL）的球员们的生活，对于普通公民可以说是遥不可及的。

难怪盖伦医生曾经在其散文《论选择职业》*(On choosing a profession)* 中，抱怨有才能的年轻男人们都去搞体育了，对于法律或者医学却视而不见。

淘汰赛

聚集在厄利斯体育馆中的选手们，此时正处于职业生涯的顶峰。许多人在参加地中海沿岸各项比赛时就已经相互认识了，他们会谨慎地观察陌生人，评估他们的体格，比较彼此的声望。奥运会的赌注高得有些残酷。在成群的运动员当中，只有少数胜利者才能赢得不朽，而多数失败者将在全世界面前受到羞辱。古代奥运会只要冠军没有亚军，失败的耻辱会让一些人发疯，甚至还有一些人选择了自杀。

选拔赛是厄利斯训练月的关键。尽管没有正式比赛那么激烈，他们去芜存菁的效率之高，令人敬佩。他们允许运动员对比赛做出评估。选手通过斟酌，承认自己并不属于这个团体，这并没有什么丢脸的，尤其在对抗性的比赛中。有些摔跤手和拳击手在交手过一两次之后，就明白自己并不属于这一级别。一些明星运动员的到来，可能会引发选手大规模的逃散；有些甚至不战而胜，获得橄榄冠。一个罗马时代的摔跤手曾经在纪念碑上吹嘘，当他一脱衣服，对手们就全部退出了。(奥运会一旦开始，选手们就不能体面地退出了。在奥运会的历史上，只有一次，一名运动员在开始前的最后一刻退出了比赛。公元25年，一名叫做萨拉博安的埃及裔希腊搏击手，在比赛前夜，从宿舍窗子爬了出去，逃离了奥林匹亚。裁判充满厌恶地对他的怯懦行为施以了罚款。

就这样，厄利斯的30天训练一扫体育馆平日里的悠闲状态，充满了紧张的气氛。地中海的夏天逐渐炎热起来，到了酷热难耐的时候，人们用羊皮搭起了凉棚。但是对许多顶级运动员来说，真正的考验在于服从奥运会裁判的管理。奥运会裁判他们的职责之一就是亲自监督整个训练过程。他们作为最苛刻和乖戾的教练，闻名于古代希腊，他们经常在一念之间把运动员推到极限，并无情地维持着纪律。在赤裸的人群中，他们非常醒目，身着长袍，手持木叉，前者是官员身份的象征，后者则是惩罚的工具。任何犯规行为——比如将手指插入对方眼睛，或者铁饼抛掷方式不当——脊背或者臀部就会迅速遭到一记痛击。运动场上到处是噼里啪啦的令人不堪忍受的抽打声，任何人只要有语言上的反抗，就会立即失去奥运会比赛资格。希腊的体育明星们以自我膨胀而著称，这一定给他们上了有益的一课。

厄利斯城的运动员们每天在一个公共食堂定时用餐——这样可以确保没有任何秘密食谱、魔力药水或药片来提高他们的成绩。菜单不得而知，但是我们可以推断，在这个保守主义的堡垒里，运动员们食用的应该是古代作家们所描述的“传统”的运动员食谱：仅仅是蛋糕和没发酵的面包、适量的红肉、“直接从篮子里取出来的”羊奶干酪，（奶酪上的乳清被沥干后就放置在木碗里了。）蜂蜜蛋糕和其他甜食是罕见的；可以适量饮用葡萄酒，但是并不在被禁之列。

而控制运动员的肉体欲望就另加复杂了。

欲望冷藏室

可以毫不夸张地说，在希腊，性和体育是密不可分的：对于男性身体的崇拜，从来都不仅限于美学范畴，所有的体育馆在其美术作品中，都有爱神厄洛斯的雕像。如果说每个练习厅都是发生临时肉体关系的场所，那么欢宴更加速了风化的堕落。

对于奥运选手来说，诱惑也带给他们压力：人们曾经就性行为对体育成绩的负面影响争论不休，特别是在一年中最热的几个月里。严肃的毕达哥拉斯学派主张，在高强度的训练中应完全禁欲。有些运动员睡觉的时候，要把铅制的平板放在腰上，希望金属的冰凉和沉重能够抑制他们黑夜里的欲望。作家伊连也曾写过，一个叫做克莱马克斯的运动员，看到狗崽交配就会转过身去，如果在晚宴上听到放荡或者淫秽的谈话，就会马上离开。但这只是一家之言，而且从文字记载来看，并不是普遍认可的观点。对于厄利斯的许多运动员来说，这将是一个繁忙的夏天。麦加拉城的诗人第欧根尼曾写道：“快乐就是在体育馆训练之后，回家和一个俊美的年轻人睡上一整天。”其他人醉心于运动员汗水的致命吸引力；即使是被打败的年轻拳击手也是有吸引力的。

柏拉图的《对话录》中，也暗示过这种温室的气氛。在这里，苏格拉底遇见了一群少年，他们在摔跤学校里，慵懒地故作姿态。“噢，我们只是在打发时间，”他们中的一个人卖弄风情地说，“我们，和其他的俊美的男孩子。”苏格拉底顿时感到来了兴致，挡住了一对特别漂亮的双胞胎，不过，他具体的调情技巧并没有文字记载。

“好吧，德莫分的儿子，”他微笑着，“谁更大一些，你还是吕西斯？”

“年纪大小我们还有得吵呢。”男孩子回答说。古希腊当然是没有出生证明的，人们通常对自己的年龄仅有模糊的概念。

“你们有没有讨论谁更高贵呢？”

“我们当然争论过。”

“那么，谁更好看呢？”

这对少年咯咯地笑起来——苏格拉底终于打开了话题。

因为对女人有规定，异性之间的调情受到的限制更大一些——但是在斯巴达，确实有年轻的女孩子脱光衣服，和男孩子一起接受训练和力量测试。希腊文学作品就是对这些健康的斯巴达少女结实的胸脯和充满肌肉的大腿的一部赞歌集。正是这些健美的少女引发了色情旅游业的产生。渴望爱情的罗马诗人普罗波惕乌斯访问斯巴达期间，感觉到了欲望的爆发，他曾公开宣称想要向裸体女人暗送秋波。但是诗人还仅仅是想远观；而一位罗马元老院的议员巴尔弗利亚斯·苏拉，则进一步和一名赤裸的斯巴达姑娘在场中摔跤较量。

长征

奥运会之前两天，这些运动员仍然被召集在裁判面前，朗诵华丽的诗句：

如果你经过的训练能应付这场比赛——

如果你不曾有过偷懒或卑鄙的行为——

请你充满勇气向奥林匹亚进发

但是如果有人做不到以上几点

请自便。

这可不意味着运动员可以短暂地休息一下了。奥林匹亚远在40英里以外——而选手们得排着整齐的队形，在灼人的骄阳下步行走到那里。

当队伍离开厄利斯的时候，有些像一个旅途中的马戏团。穿着紫袍，头顶花环的官员们带队。运动员穿着自己最好的长袍和鞋子，在教练和家人的陪伴下，紧随其后。接下来是战车和赛马，祭祀用的牲畜，包括一百头公牛，走在队伍的尾部。队伍后面，还追随着一些观众，他们为了先睹为快，已经观看了奥运会之前的选拔赛。

通向奥林匹亚的神圣道路是古典主义时期希腊最好的道路之一，两天的长途跋涉一定可以检验运动员的耐力。队伍会中途停留，在比埃里亚的喷泉那里献祭一头猪。当夜，就在赖特立尼村的河边露宿一晚。

但是当他们最后他踏上阿尔斐斯河谷那青翠的土地，当奥林匹亚圣地隐约可见时，无人感到疲倦。傍晚的阳光在宙斯神庙的屋顶闪耀，辉映着大理石的廊柱和冠军们的铜像。但在这胜地的奇景之外，最令人印象深刻的便是这人群本身了。

在这碧绿的草地上，到处都是卢西安曾经抱怨过的“人山人海”，他们聚集在帆布帐篷下，或者在路边欢呼着目送运动员队伍——他们是体育，这个希腊真正的宗教的崇拜者。

第五章

古代体育迷的考验

曾经有人认为，去奥林匹亚的旅途对他来说太艰苦了，对此苏格拉底说："你在惧怕什么呢？你难道不是每天都在雅典城里走来走去吗？难道你不是走着回家吃午饭？然后走着回家吃晚饭？然后回来睡觉？你难道不明白，如果你把五六天所走过的路程加在一起，无论如何，你都会轻而易举地从雅典走到奥林匹亚了（210 英里）？"

——色诺芬，《备忘录》

古希腊观众可能从未被斥为是沙发上的土豆：他们必须保持良好的身材，仅仅是为了前往奥林匹亚赛场。古典时期的乡村道路之糟糕是尽人皆知的——那时希腊没有中央政府，敌对的城邦之间更不会去维修公路的——因此大多数旅行者都步行前进，跋涉于崇山峻岭间的崎岖小路上。苏格拉底还是低估了这段从希腊开始的210 英里的行程：许多人都需要两个星期才能到达奥林匹亚，包括休息和中途停留的日子。总的来说，这是一项艰难复杂的任务，但是付出必有回报，而且这本身也是奥运会的一部分。旅行者要穿越一个传统的乡村世界，遍布着神庙和圣迹遗址，随处可见充满虔诚气息的蔓叶装饰。包撒尼雅斯曾经写道，奥林匹亚是尘世间最能感知神的气息的地方，旅行者越是接近那里，越会感到那种气息散发出的神奇力量。

今天，从雅典通往奥林匹亚的公路上，塞满了租来的轿车，2500 年前的路线几乎没什么改变——尽管要重现那种梦幻般的古代氛围，有时还真的调动一下丰富的想像力。希腊首都的出口连接着六个车道的高速公路，两边的广告牌挡住了风景。但是，前行几英里后，就可以看到希腊乡村的喷泉，古老的风貌重新展现出来——而且我们至少可以看到当年希腊观众约在公元前150年向奥运会赛场的跋涉途中，曾经见到的神奇的山区景色。

体育朝圣者

从雅典出发的体育爱好者们，将通过城南的迪普利翁（Dipylon）门，他们会在经过最后几尊神像的时候亲吻手指尖儿，向他们致敬，他们还要经过凯拉米克斯（Kerameikos）墓地，在肃穆的墓地雕塑旁，妓女们在夜晚偷偷摸摸地做着生意。从这里，他们可以向雅典卫城投去最后一瞥，那里的山顶上坐落着万神庙和雅典娜的巨大铜像。雅典是希腊大陆上最大最富庶的城市，被公认为是整个地中海地区最具优雅艺术气质的城市。雅典人就像古代的巴黎人一样，自负、絮叨、不和、精力充沛、给人启迪、聪慧、自相矛盾，而且对于非希腊人来说，是不可忍受的。尽管崇尚理性，却非常迷信，因此他们出发前一天，就会为了旅途平安，认真地进行祭祀活动。

我们可以想像出一群人，也许是十几个亲朋好友结伴，顺着大路，在橄榄园地间穿行的情形。男性旅客全都穿着亚麻的宽大长袍，这种宽松无袖的长袍是希腊典型的便服，两块白布松松的垂在躯干上，露出一侧肩膀。这些长袍平常穿着时要垂到膝盖以下，但是在旅途中就，一般用一根带子系住，便于行走。他们还穿系带的皮鞋并戴着宽沿帽(petasoi)。(在花瓶绘画上，这些帽子看起来就像塞吉奥·莱昂（Sergio Leone）电影中的墨西哥宽沿帽。尽管它们具有使用价值——如果遇到暴雨，旅行者可以把带子系上，将帽沿儿拉下来遮住耳朵——但这帽子只在旅途中戴，因为人们认为，捂住头发的湿气会催生白发。）人群中可能只有一两个女人：除了忍受长途跋涉的艰苦，已婚妇女还只能在奥林匹亚的营地外住宿，在保守的雅典，未婚妇女和姑娘们很难得到父亲的允许，前去观看奥运会的比赛（其他希腊城市没有这么严格）。

这些无畏的女人穿着及踝的鲜艳长袍，戴着漂亮的帽子，头发上系着发带。有些人还戴着胸针和珠宝，打着阳伞。

希腊男人习惯轻装上路，只在肩上搭一个口袋，装一些简单的换洗衣服；一个短斗篷；一些炊具，以及一条睡觉用的羊毛毯。富裕一点的旅行者可以带一个仆人运送这些东西，或者带一头驴，驴背上挎两个装粮食的背篓。富人们要带更多的行李，还有化妆箱和礼服，这激怒了厌恶女人的立法者：雅典市议会甚至通过了一项法律，将妇女旅行可带的衣服限制在三件以内，尽管这项规定难以执行。（就像我们将要看到的那样，真正的富人是截然不同的，他们穿越希腊的旅行就是一次豪华的狩猎远征。）钱是以现金的形式带在身边的。雅典人很幸运：他们的货币就是古典主义时期的欧元。银币上面刻着一个瞪着眼睛的猫头鹰，这是雅典城市的象征，这种银币在全希腊都可以流通，而大量其他的银币就得通过奥林匹亚的钱商换成通用货币，这些商人都会抽取很高的佣金。

至少，这群人不必担心安全问题。由于有奥运会休战协议，他们走到哪里都信心十足，而这样的信心，在地中海地区的其他地方是闻所未闻的。他们不仅仅是前往观看一个扣人心弦的运动会，还是神圣的朝圣者，而打扰他们就是对宙斯的亵渎。战争暂停了，冲突暂时被搁置，路上的捍匪也不再嚣张了，甚至权力至高无上的马其顿国王菲利普，在他的一些雇佣兵敲诈勒索一个赶往奥运会的行人后，亲自公开为受害者所受经济损失道歉，并向厄利斯城缴纳了一笔罚金。

在现代奥运会保留下来的古希腊美好愿景中，冲突暂停仍然是最激动人心的理想。

路况好的时候，旅行者每天可以步行 15 英里。但是尽管从雅典一出来，大路还不错——一路上经常可以看到旅行者的保护神赫尔墨斯的雕像，每根柱子上都刻着赫尔墨斯的脸和一个勃起的下体——然而很快条件就恶化了。要穿越连接着伯罗奔尼撒半岛和希腊其他部分的地狭，徒步旅行者必须沿着一条危险的悬崖小路，冒着在乱石中粉身碎骨的危险，排成一路纵队小心翼翼地前行。在希腊传说中，这里曾经有个强盗叫做斯戎，他命令不幸的行人为他洗脚，然后将他们一脚踢到绿松石颜色的大海中。这是一段教人发疯的路程，路人可能会失足丧命，甚至会被吃草的骡子顶下悬崖。

离开雅典，奔波了一周之后，到达了科林斯才算解脱，这是伯罗奔尼撒半岛的门户。在这宜人的地方略作休息，还可以体会到一点文明世界的舒适——豪华的大理石回廊与华丽的酒馆鳞次栉比，阿芙罗狄忒神庙里还居住着上百名技艺纯熟的色情业者。来自底比斯(Thebes)、阿尔戈斯（Argos)、塞萨利（Thessaly）和麦加拉旅途劳顿的人潮大量涌入，同飘洋过海先期到达的观众汇聚于此。科林斯横跨希腊地峡，相当于地中海地区东部的十字路口。有魄力的当地人甚至建造了一个奇妙的机械装置，希腊语叫做diolkus，这样船可以装在带轮子的推车上运到地峡的岸上，奴隶把它拖过山顶，否则船只绕到马利亚角(Cape Malea)，两周的航行要穿过危险的暴风雨。

这些国际友人从加迪斯(Cadiz)和尼罗河三角洲等希腊殖民地远道而来的。柏拉图曾经这样描述，希腊人据守在地中海沿岸，“就像青蛙蹲在池塘边上”，花上几枚银币，旅途中的观众就可以在无数只渡海的希腊商船的甲板上睡上一晚。坚固性胜于速度的船只，张着一片方形的帆在近海海面上滑行，其实，古代乘船旅行也不乏乐趣：仆人们在大帆船上准备饭菜，乘客们分享着美酒，为星空下学识渊博的交谈助兴。

从科林斯出发，人们可以免费搭乘西达厄利斯城的船，但是大多数人都会走蜿蜒穿过阿卡迪亚山区的大路。今天，这仍是希腊最受人欢迎的道路之一。这条路有的地段十分狭窄，或盘绕于村落之间，或蹲踞于悬崖边上，或途经安静的瀑布，或越过古代的石桥。在阴暗的山洞里，带着高帽子的男人们玩着15个子的掷色子游戏，在小旅馆外面啜饮着加了糖的黑咖啡，用炭火烤着全羊；橘子树果实累累，从小路旁低垂下来；有时，穿着黑色长袍，蓄着白色长胡子的东正教教士们，也从他们与世隔绝的隐居地赶着羊群出来，从而堵住了路。

对于古代的旅行者来说，阿卡迪亚是希腊民俗的中心，牧神潘统治着这里，他在神秘的洞穴中吹着排箫。旅行者们经过欢快的山泉，麻风病人在里面游泳治病，成群结队的宗教人士背着竖苗。作为黑暗而神秘的生殖崇拜仪式的一部分，很多妇女面孔扭曲，放声恸哭，以纪念她们的英雄——多年前在特洛伊遇害的阿喀琉斯。森林中还有许多树桩，简单地雕刻成了神像，橡树也装饰着祭祀牲口的角。路人可以在偏僻的庙里驻足，只要付一点点钱，教士们就会向他们展示神物，比如巨人的腿骨（事实上是地震以后暴露出来的恐龙化石），还有美杜莎蛇发女妖的皮，以及尤利西斯和阿伽门农的遗物。

在这偏远的深山中，行人们只能在乡村旅馆(pandokeia,接纳所有客人的地方)住宿。这是一些黑暗的散发着恶臭的小屋，床又硬又窄，屋顶漏水，天花板上趴满了蚊子，希腊文学中充斥着此类可怕的景象。即使是富人通常也别无选择，只能在这些阴暗的路边棚屋过夜，那里的主人经常与疾病和恶兆有关：人们相信，如果一个病人梦到一个旅店主，那么他或她很快就要死了。很多人都认为老板娘是女巫，会将客人变成骡子，或者用魔法将客人的生殖器绑在椽子上。而这些肮脏的小旅店提供的饭菜，比今天最便宜的路边摊儿还

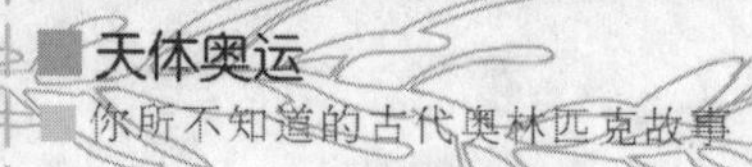

要差：曾经流传着这样的谣言，运气不好的古代客人，可能会在他们的肉汤里找到人肉和指骨关节。

食宿危机

对于任何一个新到的人来说，首要的事情就是订一个睡觉的床位。只有每个城邦派出向宙斯进献贡品的官方使者才能在奥运会上得到无微不至的招待。他们在奥运会豪华的莱昂尼达恩宾馆订下房间，这是以拿索斯国王莱奥尼达斯（Leonidas）命名的两层楼，这位具有远见的慈善家在公元前四世纪建造了这座宾馆。幸运的客人可以在每一层20个套房中的一间里大展身手——最宽敞的是位于四个角的房间，有35平方英尺——所有房间都可以看到一个中心花园，到处是鲜花和喷泉，并环绕着多利斯型的柱子。赛季过去后，宾馆接待富有的观光者，是奥运会期间闹中取静的绿洲。其他所有人都在露天场地中。

当然，上流人士还是维持着一种奢华的安逸生活。他们前簇后拥，带着大队的马匹、马夫和小马倌，而他们的奴隶早已先期到达圣地，支起了带有宽敞遮篷的丝质帐篷，重现家里的那份舒适生活——甚至还铺上了大理石屋顶和马赛克地板，带来了主人喜欢的艺术品和雪松木料的餐桌、象牙盆和小雕像。这些上流社会的体育迷可以用金质的盘子用餐，用水晶的高脚杯喝酒，睡在鸭绒枕头上，厨师、秘书和仆人们随时听候吩咐。在赛场周围安排这些贵族帐篷的位置，就像在宴会上安排座次一样需要外交技巧，有些位置比其他位置更为显要。来自西西里岛和小亚细亚的希腊暴发户们尤其喜欢炫耀。公元前388年，叙拉古城邦的暴君狄奥尼修斯（Dionysius）一世住在一个金色的丝质帐篷中，铺着奢华的地毯，还有一群专业演员朗读他的诗歌。这额外的花销并没有给他带来任何好处——演说家们指责他是残酷的统治者，观众讥笑他的诗歌是打油诗，一群愤怒的暴民还劫掠了他的帐篷。

尽管这样的暴力事件时有发生，但富人之间还是要斗富，看看谁能够建造奥林匹亚最奢华的帐篷。有些教士认为这种争奇斗艳令人作呕。例如，德尔斐发现的碑文表明，当地曾经颁布过限制观众占地面积和装潢的规定，奥林匹亚可能也有过此类规定。但是到了罗马时代，所有的规定都消失了。希腊人从未见过像尼禄皇帝这样豪华的随扈阵容，他于公元67年大驾光临奥林匹亚，带来了一千辆战车，就像个占领军的将领。他的马匹趾高气扬，打着银质的马掌，缚着金质的缰绳；骑马侍从戏谐地扮成了非洲人，将他要走的道路打扫得干干净净；英俊的希腊男孩子脸上涂着白粉，在皇帝的马车周围跳舞助兴。在尼禄的宴会上，客人们用镶钻的银盘吃饭，用大块青金石雕成的高脚杯喝酒。皇帝当然也不把自己当外人，他挑选出喜爱的奥林匹亚雕像，带回罗马，作为此次旅行的纪念品。

至于不那么显贵的观众，就可以选择多种预算了。早到的人可以在雄心勃勃的厄利斯商人临时搭建的木屋中租到床位，这些木屋的地面就是泥土地，屋顶是用树叶盖住的。像现代的青年旅馆一样，这些住处不太舒适，但是欢乐的交际气氛却弥补了不足。当时，比赛期间，柏拉图就隐姓埋名，住在其中的一个木屋里，很快和新的室友交上了朋友，和他们一起吃着简陋的饭菜，一起去看所有的比赛。他在比赛中结识的朋友甚至去雅典看他，才发现他的真实身份。（“他们非常吃惊，这样一位伟人在他们中间，竟然没有被认出来，”公元二世纪的作家伊连描述道，“他质朴而谦虚地对待他们，没有讨论任何哲学问题，却赢得了所有人的信任。”）

但是，这些简易的住所很快就满员了。第二选择是在周围的农场搭建帐篷——通常仅仅是一块帆布挂在两棵树之间。但大多数体育迷们甚至连帐篷都不住。在炎热的夏夜里，率性而为的希腊人露天而睡也是件很惬意的事。在圣地的大理石雕像群中扯起床铺，把床搭在雕像之间或者梧桐树下。毕竟，谁是来奥运会睡觉的呢？

高温和灰尘

希腊体育迷不计较住宿条件，是他们随遇而安的个性之一。其二就是他们对饮食也不挑剔。

淡水供应不稳定是夏天的一个问题。在希腊南部的这个角落，可能连续几个月都没有降雨，这使得水质白垩化的阿尔斐斯河水变得无法饮用，而哥罗底亚斯河早就变成了涓涓细流。在热浪的冲击下，缺水是很危险的。圣林的梧桐树分散在四周，很难遮住阳光，白天里，临时住所会变成了烤箱，所有的竞技场上也没有任何的遮蔽，在那里，由于宗教上的原因，观众是禁止戴帽子的。毫不奇怪，卢西安描述道，观众会在奥运会上大批中暑，甚至死亡。年迈的哲学家泰勒斯——他曾经写道，水是大自然最珍贵的礼物——据说他竟然死于脱水，倒在了奥运会的草地上，颇为讽刺。

组织者们竭尽所能来缓解干旱问题。会场周围打了许多井，考古学家曾经挖掘出九口井，这些井的内壁由石灰石砌成。当地由专门指定的水贩从两英里外的山谷用骡子挑饮用水过来，但他们不是为普罗大众服务的。体育场内可容纳四万名观众，但据历史学家估计，包括工人和食客在内，总人数可以达到七万人。至于洗澡，运动员和贵宾可以使用体面的浴室，但普通人就得一直脏着，即使在奥运会开始之前，空气就已经充斥着浓重的体味。每天早晨和傍晚燃起上千堆炊火，一时浓烟滚滚，纷飞的烟尘迷住了观众的眼睛。

那么，有远见的组织者是怎样为这些人提供个人生活的基本设施呢？即使是在最富庶的希腊城市，公共卫生也不是首要的任务。直到罗马帝国时期，希腊城市才大规模地建造了排水系统（有位古代作家曾经赞叹说，这是一项工程学的胜利，可以和金字塔媲美）。在奥林匹亚，南面和西面的松林和干涸的河床成了群众的公共厕所，阵阵臭气从那里飘荡到会场，令奥运会的气味更加刺鼻。公元一世纪，罗马人建造了第一个供运动员使用的固定厕所，可供 15 个人同时使用。(古代人并不像我们那样对隐私那么着迷；公共浴室是传播流言的理想场所。)

在这种情况下，夏日的热病在人群中迅速蔓延也就不足为奇了。卢西安曾夸张地描述道，成群的观众“死于传染病”，这指的大概是胃肠炎和痢疾。大量的墨蚊更加重了疫情。希腊人没有意识到它们可以传播病菌，但是知道它们是一种让人发疯的害虫——这就是为什么每届奥运会开始前，官员们要在宙斯“驱蚊之神”的祭坛举行祭祀仪式，减少蚊灾。(阿波米亚斯是昔勒尼人给宙斯起的别名，源自希腊语apo-myia，表示离开蚊子的意思，因为宙斯曾经在祭祀中为大力神驱赶蚊虫。)看起来他们还是取得了一定的成效。老普林尼描述说，祭祀仪式之后，蚊子就大量消失了。伊连则说，大量蚊群退到阿尔斐斯河对岸去了，直到奥运会结束后，它们才会返回奥林匹亚。

又过了900年，奥林匹亚的供水问题才得到解决。在公元150年左右，一位名叫希罗德·阿提库斯的雅典百万富翁，出资修建了一座水桥和一个宏大的饮水喷泉，形状像一个张着大口的巨型章鱼，饰以六块颜色各异的大理石。一些批评家认为，这项新的奢侈品让希腊人变得软弱了。据卢西安记载，在公元157年，一名叫做普里戈里纳斯(Peregrinus)的高调的犬儒学者，公开指责阿提库斯雅典：“因为奥运会的观众理应忍受口渴的折磨，而且——哦对了，以宙斯的名义，如果有必要甚至可以牺牲生命！”

然而，普里戈里纳斯自己也从喷泉饮水，他的观点不言自明。为了躲避别人投来的石头，他不得不躲到宙斯祭坛旁。到了下一届奥运会的时候，普里戈里纳斯改了口，在演讲中赞扬了阿提库斯。

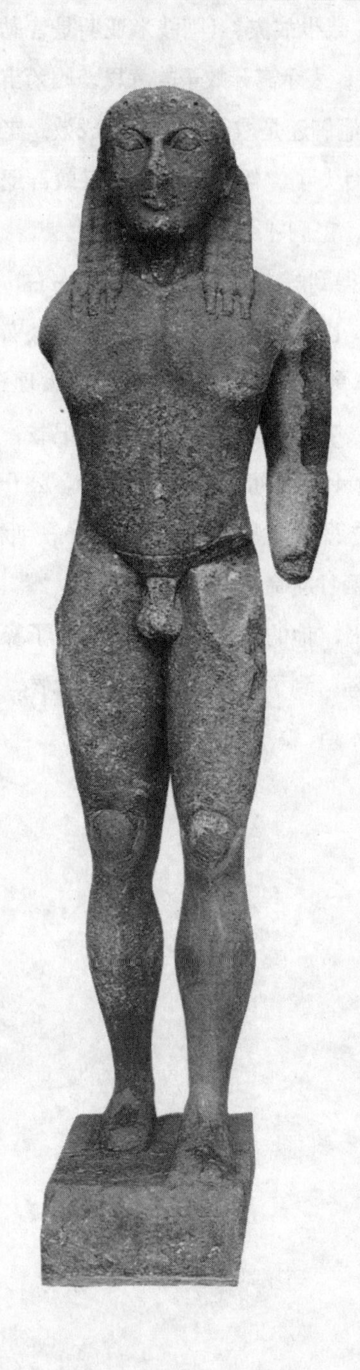

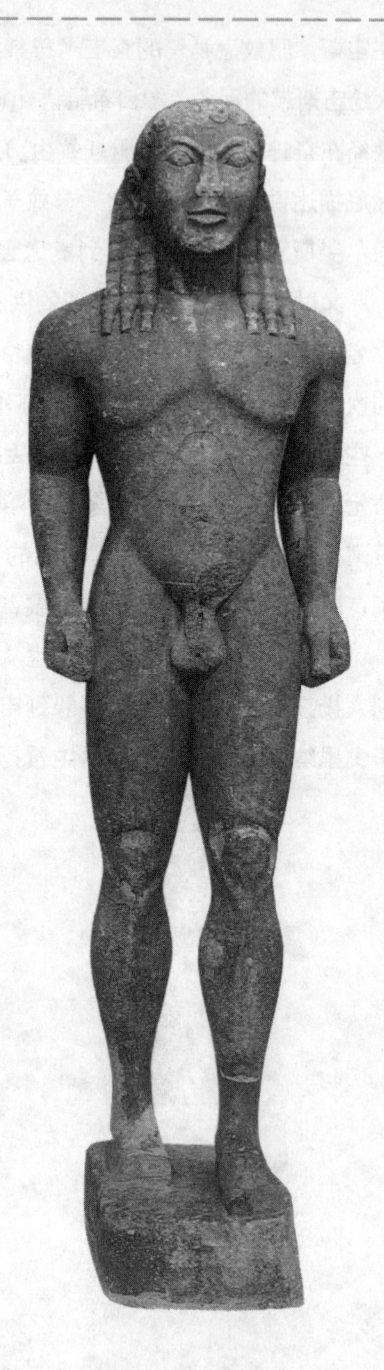

第六章

场边的风景

这真是一个奇妙的地方，你可以听到成群可悲的哲学家长篇累牍地相互指责；数不清的历史学家大声朗读他们愚蠢的作品；无数名诗人背诵他们胡言乱语的诗作，引起其他诗人的热烈掌声——魔术师们叫嚷着，卖弄着种种把戏；算命先生们做着他们的生意——数不尽的律师们在曲解正义，或者小贩们兜售着所有能弄到手的次品……

——*"金口"迪奥(Dio)，公元100年*

好奇的观众们一安顿下来，就会立即开始在奥林匹亚四处逛逛，遇到老友时便相互问候一声"祝你快乐"(chaire)，还要参观昔日摔跤明星的雕像，并在训练场地上认出彼时的传奇人物。观众本身也非常壮观，像运动员一样，他们也是来自四面八方，但是都衣着华丽。英姿勃发的斯巴达男人留着披肩发，披着朱红色的披肩；珠光宝气的埃及裔希腊人，带着埃塞俄比亚奴隶；犬儒学派的哲学家们穿着破破烂烂的长袍，留着蓬乱的胡须，在庙宇的台阶上长篇大论地讲话，引起一阵阵争论，甚至群殴。已婚妇女们在奥林匹亚一般是看不到的，她们只能在阿尔斐斯河南岸扎营，但是许多未婚的姑娘却可以自由进出。事实上，希腊父亲们经常把自己的女儿们带到奥运会上来，为的是定下一门好亲事，也许还能和世界冠军结亲呢。还有有伤风化的妇女群体(pornai)，即“可购买的妇女”，她们是由绰号叫“鸨母”(pornoboskoi)的皮条客们带进来的。

在古代，日常生活离不开宗教，每个宗教节日都有对应的世俗节日。在奥林匹亚，掮客们在圣地的北面横七竖八地搭起帐篷，形成了一个帐篷区。(考古学家相信，这就是奥林匹亚今天停车场和博物馆所在的地方。）这个“帐篷区”是一个壮观的集市，一个露天市场，出售所有叫得出名字的商品，刺激着人们的各种感官。从爱琴海沿岸来的巡回演出者增加了节日气氛，其中包括杂技演员、舞蹈演员、吞剑表演者和职业的说书人。(他们通常叫喊着，“给我一个铜板，我给你讲一个美妙的故事”。”看起来，希腊世界里的每一个人，都想利用这个人群聚集的场合，赚上一笔或推销自己。体育经纪人随处可见，但这只是一个串场的小节目，真正的大戏还是奥运会本身。所有的人生快乐都可以在奥运会上找到，兴奋的观众已经晕头转向了。

流动的体育酒吧

边看比赛边开怀畅饮的传统源远流长。在大多数社交场合中，古希腊人鄙视在大庭广众之下喝醉——这是一个刻在庙宇人字墙上的哲学原则，“凡事皆应有度” (meden agan) 。然而，所有的节日都是放松的时刻，此时，所有的清规戒律都暂时放到了一边。(就像一位不知名的希腊哲人所说，“凡事皆应有度，对适度的追求也应如此。”在奥运会上，酒神狄俄尼索斯把凌乱的帐篷城变成了24小时的堕落场所。这个肉欲横流的聚会，到处是经过锻炼的健美体魄，希腊的酒鬼们从内西修斯医生的教诲中得到了鼓励，他认为，狂饮对于健康有净化的积极作用。他还殷勤地献出避免宿醉的方法：不要喝品质低劣的酒，不要吃干果或坚果，呕吐之后再去睡觉。

奥运会的观众们，也许可以在流动酒贩的木质手推车那里迅速地喝上一杯。这些手推车算是流动的小酒馆，赞助商们聚集在这里，讨论比赛结果，预估前景，天黑之后便掌灯续继续开怀畅饮。贩酒的小车在希腊的大城市里随处可见，尽管由于穷人和底层的百姓经常光顾，显得有些不入流，但是在节日期间，这些流动的贩酒车非常方便，除了那些特别势利的人，几乎所有人都光顾这里。体育迷们可以选择不同时期和产地的欧洲大陆产的葡萄酒(trikolytos)。——这并不表示品种，而是以酒的价格命名的，表示三品脱半的酒需要一个奥卜尔（一种希腊银币）。人们可以买红葡萄酒、白葡萄酒、琥珀葡萄酒（kirrbos)，佐以快餐食品，鸡豆、甜菜、香肠片、咸猪肉和新鲜的无花果。

历史学家詹姆士·戴维森在他的书《交际花与炸鱼饼》*(Courtesans and Fish Cakes)* 中曾经记载过古希腊人的豪饮传统。一个优秀的酒吧招待从刚打开的土罐中倒酒，并为顾客的每杯酒混入纯净的泉水。古代没有稀释的葡萄酒

是非常浓烈的——含大约15%～16%的酒精，而今天的酒平均含12.5%的酒精——这些酒芳香扑鼻，这种香气来自酒中悬浮的葡萄藤残渣和葡萄籽，而在饮用前都把这些东西小心地过滤出去。对于古代人来说，调酒的比例通常是每杯五分之二的葡萄酒兑五分之三的水。只有酒鬼才直接喝纯葡萄酒。现在来希腊的旅游者都可以清楚的闻到古代葡萄酒浓烈的树脂气味，这是来自封酒罐的柏油。（今天，在希腊，人们会故意在酿酒过程中放入松针，以创造出扑鼻的松香味。）高档一点的希腊贩酒小车也许会提供花哨一点的酒具——考古学家在雅典发现了一些样本，还被冠以欢乐、放松以及停止宿醉的名称。有些酒杯甚至还饰以色情绘画，只有当酒喝光的时候这些绘画才能够显现出来。

如果有人想在喝酒的同时还要大吃一顿，就得去小吃店看看了。奥林匹亚的食物是从很远的地方运过来的，还得耐得住夏日的高温，那里供应观众最喜爱的主食——面包。希腊人有79种面包，各自有不同的名称，还有包括羊奶干酪、蜂蜜蛋糕、鸡蛋和干果在内的基本食物。当地的猎人从森林里带来新鲜的猎物，有野兔、野猪、牡鹿和瞪羚。咸鱼（tarichos）不但便宜，而且便于携带，无疑也是可以买到的，同样也可以买到熏制的凤尾鱼。如果批评家的话可以相信的话，这些商贩经常贪婪地将品质可疑的商品冠以高价——这里指的是用狗肉灌制的香肠。有一些希腊节日曾努力禁止砍价——柏拉图曾写道，在理想国里，所有的价钱都是固定的——但是在奥林匹亚，厄利斯城的组会者指派的市场监督官员负责监督质量和价格。无数的小业主和流动商贩在帐篷城的酒吧周围支起三脚桌，无论人们是要为追求情人购买礼物，还是要为家人购买具有纪念意义的一些小玩意儿，在奥林匹亚都有无数种选择。小贩们摆出廉价的纪念品——圣地著名雕像的复制品，刻着神庙轮廓的玻璃瓶和金属小战车。还有些人出售跟体育毫无关系的古董——鲨鱼的牙齿、树木化石、装着象牙长笛的用印度豹皮制成的箱子。斯巴达商人展示他们像美洲嚣犬一样凶残的军犬，但几乎卖不出去几条，因为没有人知道怎样控制这种不可预测的野兽。占星家和数字算命师在替别人算命，旁边是塞萨利来的巫师商贩，他们出售用马的汗水和蜥蜴肉酱制成的春药。事实上，在奥林匹克赛场外任何叫的出名字的商品都能够找到并买到。

柏拉图微服私访

在任何古希腊的节日上，色情服务也是不可分割的一部分。男性道德学家鼓励在宗教节日中乱搞男女关系。他们有一个模糊的理论，即这种关系可以在一年中其他时间里稳固一夫一妻制。成群结队的妓女穿梭于希腊各地各项体育赛事之间，而且体育爱好者可能跟她们已经混熟了。但是在这种古怪的巡回色情交易中，奥运会还是占据了首要位置。据说，一个姑娘在奥运会的五天里可以赚到她在家乡一年赚到的钱。每隔四年来自小亚细亚和埃及的商船装载的不是葡萄酒，而是女人。

对那些精打细算的人来说，还有低级妓女可以选择——通常是一些奴隶，最著名的是从科林斯来的，在那里，妓女和阿芙罗狄忒女神之间维持着某种宗教契约。帐篷变成了临时的妓院（kineteria），字面意思是“性交工厂”。在那里姑娘们穿着透明的长袍，站成半圆型温柔地歌唱，供客人挑选。一位客人写道：“你可以根据自己的口味挑选这些姑娘：苗条的、肥胖的、浑圆的、高的、矮的、年轻的或者年纪大的……她们热情的把你拉进去，管老男人叫做‘老爸爸’，管年轻的叫做‘小兄弟’。”皮条客站在外边叫喊：“一次收费一个奥卜尔；姑娘们就在里面，在这里别害羞、别废话、别逃跑、别犹豫，挑你想要的，怎么对她都可以，你可以随便发泄，告诉她该怎么做；对你来说她什么都不是。”

想在奥林匹亚体验第一次的男孩子们，可以查阅希腊各地出售的色情服务手册，古代作家们经常提到其中流传最广的一本，即萨摩斯岛的菲利尼斯所著的《欲经》*(Kama Sutra)*。但这本书并没有流传到今天，通过一些残片，我们可以知道，这本书列出了各种体位，以及每种体位的收费，最便宜的一种是“俯卧式”(kubda)，但奥林匹亚的体育迷们可能选择更加激情和昂贵的方式，即“赛马式”(keles)，也就是女人在上面。书中还提到了另一种体位，敏锐的历史学家们将其译做“奶酪磨上的狮子”，但令人遗憾的是细节已经失传了。

但是对于时髦的希腊男人来说，性幻想的目标是高等妓女或者官妓——也就是高级的伴游女郎，就像日本艺妓一样，她们是功成名就的音乐家、舞蹈演员和多才多艺的聊友。就像一位希腊演讲家所说的："普通的妓女可能会满足每天身体的需要，妻子可以满足繁衍后代的需要，但是高等妓女会带来真正的快乐，她们是宴会成功的必要因素，可以被收买，以换取昂贵的礼物。"

第七章

让奥运会开始吧

生命短暂的人是什么？他是影子的梦想。他是上帝作为礼物赐予的一缕阳光——一缕洒在凡间，洒在高贵生命上的灿烂光辉。

——品达，《阿波罗颂》第8章，公元前五世纪

在奥运会的第一天早晨，古老的开幕式充满怎样的戏剧性？这不禁让我们展开想像的翅膀，联想到好莱坞大片和当今奢侈的貌似经典的奥林匹克仪式。例如，火炬接力在当代舞台上是如此的根深蒂固，以至于今天的人们把它当成是多神教传统的复活。殊不知其确确实实是为希特勒的柏林奥运会编造出来的。

纳粹知道奥运会是一个绝好的宣传机会，他们当然不会错过。1936年7月20日中午，也就是柏林奥运会开始的前两个星期，一位希腊的女司仪长老和14名身着古典衣服的女孩聚集在奥林匹亚露天运动场，用极具喻义的镜子，向火炬汇集太阳光直到它熊熊燃烧。随着火炬的点燃，颂歌也唱起来了——“啊，火焰，在古老而神圣的地方点燃，开始你的征程吧”——紧接着仪式开始了，仪式所用的音乐是品达的《阿波罗颂》，由古代乐器伴奏。所谓的奥林匹克火焰由3075个火炬手传承，从希腊出发，由一个镁火炬传给另一个镁火炬（每一个火炬上面都有德国军火制造商克鲁伯的标识），直到最后在元首希特勒赞许的目光下将柏林体育馆的一个巨大的火盆点燃。

事实上，这个仪式从来没有在古代奥林匹克运动会上出现过。当代的理念是两种截然不同的多神教传统的混合物，这两种传统被柏林的策划者天才地改写了，其中的一位策划就是卡尔·蒂安姆博士，他是德国顶尖的学者，后来成为奥组委的主席。就像古希腊罗马的所有圣殿一样，奥林匹亚确实有自己的长明火，置于地方行政官的官邸，为女灶神赫斯提燃烧。该长明火用来点燃圣殿内所有祭坛上的祭祀用的火焰。同时另一些希腊城市确实有火炬赛跑项目作为当地节日的一部分。例如在雅典，接力队伍中的年轻男子赤身裸体，额前悬带状头饰，从雅典南部的比雷埃夫斯港跑到雅典的卫城，还要确保燃烧的芦苇接力棒在到达普罗米修斯神殿时仍然亮着。从巴特农神庙看着火光像荧火虫一样穿过黑暗的街道，一定会产生催眠的效果。但是在古代奥林匹克运动会并没有出现点燃火炬、接力赛跑或其他烟火类的表演。

1936年"复活"的火炬接力赛完全符合纳粹利用奥林匹克运动会宣传新德国的用意。伴随着它古老而神秘的光环，该仪式把纳粹主义与经典希腊文明的荣耀联系起来。希腊同时也被德意志帝国的学院派人物称为雅利安人的梦幻之地。(他们尤其喜欢具有男子气概的斯巴达人——希特勒甚至令人费解地坚信霍斯坦因的农民汤是由斯巴达的肉汤演变过来的，而这种肉汤是他们进行严酷训练时最著名的饮食。)希特勒对典礼投入了极大的个人兴趣，并投入重金予以资助。纳粹的宣传机器对火炬接力进行了铺天盖地的宣传，从广播报道接力路线的每一步，有关古希腊运动的插图遍布整场运动会。以后，由于莱尼·利冯斯塔（Leni Riefenstahl）的纳粹奥运会纪录片《奥林匹亚》的缘故，该典礼成为深植人们想像空间的永恒之作，它展示了一个希腊选手黄昏之夜在爱琴海沙滩跑步的情景。

具有讽刺意味的是，虽然它的起源令人讨厌，今天的火炬接力赛还是成为国际间兄弟情谊的象征，而且还是我们华丽的奥林匹克开幕式的重头戏。(也是任何运动会最受欢迎的一部分，成为一大卖点。)更为奇怪的是，这种可笑的多神教仪式依然在希腊举行。每四年，当地许多十几岁小姑娘在奥林匹亚的赫拉神庙集合，她们身着仿造的多神教服饰，甚至还用极具比喻意义的镜子汇集太阳光——接力运动员把火种传遍全球，有时借助飞机、轮船、水中呼吸器、骆驼的背，最后到达奥林匹克运动会现场。每年夏天，现供职于奥林匹亚的德国考古学家们都会因数以百记的游客的问题而感到烦心，这些游客总是不厌其烦地询问“古代”举行点燃火炬仪式的地点在哪里。

事实上，在现代人眼中，古代流传下来的运动会由一个多神教的仪式作为开幕式已经远远超出了所谓的异国情调。

在誓言之神面前

第一天，在破晓之前，聚集的运动员起床与父亲和教练共进一个简单的早餐——面包就着麦片粥或红酒——然后重整行进的队伍，恢复和昨天晚上从厄利斯出发时同样的行进秩序。圣殿沐浴在晨光之中，一行人马沿着穿过奥林匹亚的神圣的道路向奥林匹克的中心进发，观众们在两旁夹道奏乐欢呼，在奥林匹克中心，十位裁判正在等待着。这些运动员分成小组被邀请到厅内参加宣誓仪式。

在厅内，选手们发现自己正面对着表情严肃的法官们，法官的后面就是高耸的誓言之神宙斯的雕像。这些铜制的雕像样子很吓人，手上各持着一个银制的雷电。这就是奥林匹亚的一幕，包撒尼雅斯写道，“最有可能的作用就是让有邪念的人心存恐惧。”宙斯神像的脚下是一块刚从野猪身上切下的排骨，鲜血还滴在地上和石板上，这就是在警告伪誓者一旦做错事情将会粉身碎骨。当一个运动员被邀请来到宙斯面前时，这一刻可以说是终生难忘的。在那里，运动员和他们的训练者、父亲和兄弟一道发誓他们将不会用作弊的方式来确保胜利。他们已经按照活动组织者的要求进行了十个月的规定训练。在所有运动员宣誓完毕之后，裁判们起立，发誓他们将做出公正的裁决，也不在竞争者面前透漏任何事情。

誓言仪式还有一个心照不宣的目的，就是禁止魔法。在类固醇被使用之前，运动员可以通过使用“胜利魔法”也就是所谓的加强剂来取得好成绩。更具报复性的做法可能是向对手施以巫术。写着咒语的床单被埋在墓地或塞在井里，在那里死灵魂就能把咒语带给哈迪斯。雅典发掘出的一块诅咒牌就是为诅咒一位名叫阿尔契迪莫斯的选手而选的："不要让他通过起始线……如果他通过了，让他改变方向，使他出丑。"另一个则是要给名叫彼特雷斯摔跤选手带来厄运，"让这个马其顿人在被抓住时力量被吸干。"一个名叫优迪基安的摔跤选手所收到的诅咒可能更可鄙的："让他变聋，变哑，没有思想，没有攻击力，不能再与任何人作战……"

但在希腊运动会中更严重的问题是腐败。每次运动会一开始，每个人头脑中都有行贿的念头。事实上，当运动员通过秘密入口来到运动场时，他们最后看到的就是成排的神像，警告他们不要越雷池半步。奥林匹克的裁判用从腐败行为中征收的罚金建造了16座宙斯的铜像，上面铭刻着劝世诗"靠你双脚的速度和你身体的力量而非金钱来获得胜利吧。"

奥林匹亚第一宗行贿丑闻——至少是第一宗曝光的丑闻——发生在公元前388年。当时塞萨利的尤布勒斯买通了三个拳击手，让他们放弃向他的挑战。而处罚此种行为的罚金用来建造了前六个宙斯像。50年后，一个名叫卡里波斯的雅典人向他的对手行贿，要求其在五项全能运动中落败，当丑闻暴露时，雅典被要求支付高昂的罚金。但雅典拒绝交出罚金并抵制运动会。只是当阿波罗神谕威胁不再向雅典提供预言后，雅典屈服了。这些钱用来建造

另外六尊宙斯神像。从这些事件之后，好像腐败已经成为运动会一个特色。虔诚的包撒尼雅斯对于每个人都敢冒犯宙斯的愤怒而感到震惊，公元前12世纪，甚至于主办城的市民艾雷斯“也如此的堕落”——一个比赛选手的父亲向另一名比赛选手的父亲行贿以便让自己的孩子在摔跤比赛中胜出。

在罗马帝国后期，情况变得越来越糟糕。在希腊和小亚细亚不怎么光彩的“价钱游戏”当中，大笔的金钱从中兴风作浪，胜利就像成袋的谷物那样可以交换。根据斐洛斯特拉图斯称，训练员甚至会变成狡猾的高利贷者，他们向运动员借钱行贿或根据队员肌肉发达的程度来操纵以后的价格。更糟糕的情况出现在了著名的科林斯比赛中：一位拳击手许诺向对手出款3000，以保证自己胜出，但这位拳击手却没有履行承诺。这位被击败的选手有史以来第一次把此事提交到官方仲裁机构，并无耻地在海神的祭坛前发誓称，对方曾许诺只要他输掉比赛就会获得金钱。

与此相比，奥林匹克运动会——宙斯的运动会——是道德的楷模。

神圣的串场表演

在完成誓言之后，运动员们有一下午的时间来感叹奥林匹亚的神圣。对于很多人来说，在这个多神教的世界里站在最神圣的地方是让人肃然起敬的时刻。尽管一些腐败个体的不敬，绝大多数希腊人仍认为在即将到来的运动会中，没有神的帮助任何人都不可能赢得橄榄花冠。他天生多么聪明或是训练多么严酷都不重要；一个运动员需要神的眷顾。第一天下午是在奥林匹亚70多个祭坛中进行祭祀的最好时机，在神职人员的协助下，他们在所选的神的神龛前集合。在希腊的万神殿，他们有很多种选择。这里有宙斯、赫拉克勒斯、英雄佩罗普斯的祭坛、赛跑者庇护人赫尔姆斯、马神波塞冬、胜利之神耐克，还有大量的小神，包括机遇神，他化身为一个带双翼手拿天平的小男孩。运动员留下了象征性的祭品——战车或赛跑者的小雕像、庆典用的铁饼、银制三角祭坛。富有的竞赛者祭祀山羊、羊或猪。在屠宰仪式后，占卜者将会检查肝脏以求预言，这无疑会为那些有兴趣押注的观众提供内部信息。

对于观众而言，他们想知道哪里可以享受放松、狂欢的气氛。第一天下午最受欢迎娱乐项目就是竞争当选通报者和喇叭手，后者可以宣布获胜者的姓名。该竞赛在豪华装修的回音长廊内举行，这个长廊因其不同寻常的声学效果而著名：声音能来回反射七次，人们能感觉声音在石板上弹起落下。在奥林匹克历史上最成功的传令官就是麦加拉的希罗多罗，从公元前328年他连续十次赢得了喇叭比赛。希罗多罗的肺功能得到了很好的发挥：在两次奥林匹亚运动会之间，他成功地帮助了自己的城邦赢得了对阿尔戈斯的战争，他在战斗中能同时吹两个喇叭。

另有一些观众把观看健儿们当做运动会开始前的一件大事，因为这正是可以看到名人的绝佳机会。健壮的希腊男子在他们的崇拜者面前一点也不害羞，相反的，他们利用这些机会在观众面前各施绝技。在公元前520年的一次奥林匹克运动会上，著名的来自克罗敦的米罗把自己打扮成了赫拉克勒斯的模样，披上了一身可怕的狮子皮。然后，米罗将一只公牛扛在肩上绕着体育场转了一周，最后只用一只手就将这只公牛宰杀，并狼吞虎咽地当做了晚餐。米罗的赛场把戏还包括让挑战者来掰自己的小拇指，站在铁饼上看其他人能否将他推开，或者一口气将十品脱的酒喝个精光。有时，他甚至会将自己的前额勒上一条绳子，屏住呼吸，直到头顶凸起的血管将绳子撑破！后来，一些笨重的参赛者还会在正式比赛前进行举重竞赛。考古学家曾经在奥林匹亚发现的一块砂岩上发现这样几个字：拜尔邦，弗罗斯的儿子，曾用一只手将这块石头举过头顶。（这块砂岩重315磅，约143.5公斤）在爱琴岛的桑托里尼还曾经发现了一块重达900磅，约合480公斤的巨石，上写：尤马斯达，克里托布勒之子，将我从地面举起。

但更多的希腊人则在第一天的下午选择去参加文化活动。

文学马拉松

奥林匹亚是惟一一个在盛大庆典中不举行文化竞技项目的希腊城市。（例如在德尔斐举行的阿波罗运动会上，就有文艺界的竞赛，内容包括诗歌、散文、歌曲、舞蹈、雕塑和演讲比赛。）但这并不是说奥林匹亚就没有艺术的存在。在包括了希腊上层社会的四万名观众里，运动会成了艺术家推销自己的好时机。富有创造力的艺术家们从各地蜂拥而至，把台下变成了一场艺术的盛会，而且他们相信自己会在人们午餐后的那段闲暇时光赢得一大批自己的观众。

第一个发现奥林匹亚人赋有公关潜质的是希罗多德。这位大约生活在公元前440年的备受后人尊敬的历史学之父，想要提升自己刚刚完成的《波斯战争》的知名度。他想，既然只需利用一次运动会就可以大大提高这本书的知名度，那为什么还要周游希腊、意大利和小亚细亚呢。根据卢西安的讲述，希罗多德直到所有的贵族们都来到了体育场——也就是在一天的下午，才像“一个来参加比赛的人似的，而不是一名观众”似的，迈入了宙斯神庙，大声地朗读了起来。这一举动立刻震惊四座，观众们陶醉了。正如卢西安所说得那样，不久，希罗多德便声名远播，甚至超过了那些奥林匹克运动会上的获胜者。他的名字在希腊人尽皆知，有的人是亲眼所见，有的人是从那些回来的观众的讲述那里听来的。

从此，奥林匹亚就形成了一种风俗，尤其是影响面最大的第一天，成了文学家们一夜成名的舞台。在希罗多德的听众里，据说有一名叫做修昔底德的文学青年被感动得热泪盈眶，他就是后来著名的《波罗奔尼撒战争史》的作者。（当然也是借助奥林匹亚而一夜成名的。）后来的许多作家也依次开始效仿。受到启发的诗人们身着白色外衣，鼓起勇气站到了神庙的台阶上，在竖琴的伴奏下朗诵自己的诗作。“美极了！”“真勇敢！”有的人的作品得到了台下人们的欢呼雷动，但也有的人受到嘲笑。因为希腊人是最富有鉴赏力的，在这个舞台上，穷人与富人是受到平等对待的。来自西西里的暴虐的狄奥尼修斯让最好的演员来阅读自己的诗，但他的诗实在太差了！观众不仅没买他的账，还抢夺了他的帐篷。一次，当国王尼禄在奥运会上表演自己那首关于特洛伊的灭亡的史诗时，一位评论家抱怨道，这简直是“整个伊利亚特的悲哀”。

哲学家们很快抓住了这一机遇：希腊的几乎每家每派的演说家都汇聚到

这里展示自己的才华。在一次反对体育活动中的势利小人的演说中，第欧根尼指出，对崇拜运动员的人们指出这一点是自己的社会责任，就像“一个好的医生应当抢救大批的病人一样，对于一个智者，有必要制止傻瓜的增多”。他的犬儒主义学派的追随者们，反对一切形式的文明，成为了每次运动会必来的参赛项目。这些古代的嬉皮士们，蓬头垢面，衣着褴褛，四处乞讨，蔑视希腊所有的神灵。但也有一些著名的希腊哲学家，如亚里士多德，利用奥林匹克运动会的契机与那些体育健儿并肩展示自己的才华。公元一世纪，奥林匹克运动会的宣传效应确立起来，以至于泰那的异教首领阿波罗尼厄斯不得不派出军队来镇压这一势头。上千人前来聆听他关于智慧与容忍的说教，但阿波罗尼厄斯不想与那些穷酸的文人一起成为引人注目的中心。由于被文人们的话语所激怒，阿波罗尼厄斯瞅准了一个试图引用一句关于宙斯的史诗的年轻诗人。当这个小伙子正旁若无人地热情朗诵自己的诗作时，阿波罗尼厄斯讽刺他说他应该写点更吸引人的内容，比如感冒。他还严厉地训斥这个年轻人试图描述宙斯的行为，认为他“是在试图改变道德的权威”！

古代的画家也光临奥林匹克，利用开幕式的人群展示自己的新作，提高自己的声望。这些人中的很多人似乎都是自然主义者。大约在公元前420年，极端利己主义者，赫拉克里的宙克西斯来到了运动会上，身着一件用金丝刺绣着自己名字的绚丽的外衣。他代表着专为皇室画画的最好的画师，他解释说，由于自己这件衣服实在太值钱了，他没法将其出卖。他还带来了几十件其他的作品，将神庙的柱廊变成了一个临时的展厅，让那些热爱绘画的人们能够看到自己关于神话故事和体育健儿等内容的新作。以弗所伟大的画家帕拉修，一个像福斯塔夫(莎士比亚著《温莎的风流娘们》中的一个爱吹牛的骑士)一样的喜欢边画画边唱歌的人带来了自己最著名的一幅画：《奔跑者》。这幅画得真是让人担心画中人的汗水都要从画面滴落下来了。(遗憾的是，除了在德尔斐发现的一小块蓝色的图案之外，这幅画以及古希腊写生画都没能流传下来。)对于逐渐开始有名气的画家来说，想见他们一面是要花大价钱的。在公元前五世纪，一个奥林匹亚的法官由于实在太喜欢一个年轻画家的作品了，便把自己的女儿嫁给了这个画家。对于运动会上的观众来说，能够让画家为自己画一幅肖像画则是一份不错的旅游纪念品。公元362年的一张草纸上记载着，画一张肖像画的价钱是一袋大米加两罐酒。

男子健美照片展

在所有古希腊崇拜人体美的人中，雕塑家是最有评判力的。运动之美在西方艺术中一向最能激发人们的创造力，而奥林匹亚则一直是希腊的一座国家艺术殿堂。每一位在运动会上获胜的人都会获得殊荣：被竖立一座真人大小的雕塑，结果现在的神庙里堆满了残缺不全的各类雕塑。（这些雕塑均是铜制的，只有古罗马时期遗留下来的雕塑是大理石制的。）滔滔不绝的导游会领你参观那些公元前七世纪和公元前六世纪早期的绘画大师的作品，因为那一时期的雕像更加坚固和正式。公元前500年之后，多亏了像波利凯图斯和里希普斯这样的绘画大师建议更加生动地展示艺术形象，并最终导致了一系列经典艺术作品的诞生，例如米隆于公元前470年创作的《掷铁饼者》。几乎后来的所有艺术家都将创作焦点放在了完美的男性身体上，例如阿波罗的雕塑就集中将年轻的力量、和谐、美丽和崇高的内在美集于一身。（伟大的艺术家会将他们自己所认为的人体四肢最美的比例设计并塑造出来。）只有在奥林匹克运动会上三次夺得冠军的选手才能获得竖立一座更真实、能够清楚反映自己的面容和身体的塑像的机会。

有些奥林匹克选手的塑像被认为具有神奇功效。例如普利达马斯的塑像被认为可以治愈发热症状。（这类病可能是由于奥林匹亚城不清洁的卫生环境造成的）来自塔索斯的萨金斯的雕像则被认为更加神奇。保萨尼阿斯附近一个集市，曾有一次发生了倒塌，将一个男子压死了，而这个受害者曾经和萨金斯角逐过一场比赛的冠军，在灾难发生时，他正在便打这个获胜者的头像。这座雕像还曾被指控谋杀了伊利亚的官员，并在一场审判后被投入了大海。有几年奥林匹亚周围的地方连年颗粒无收，德尔斐的先哲告诉人们应把这座雕像从大海捞出来，并放回原地。从此以后，在没有人敢对这座雕像不敬了。

至此我们可以想像出，那些肌肉健壮的古代奥林匹克选手们，在运动会的第一天的傍晚一边散步，一边借着月光阅读着几百年前的那些美丽的诗句。

索斯特拉图斯，索西斯特拉图斯之子。你秉承了西塞思的荣耀，
将胜利的桂冠一一戴在自己的头上……

优斯莫斯，洛克里斯人，阿斯特科里斯之子，
三次夺得奥林匹克的冠军，终于树立了不朽的丰碑。

你所看到的正是光荣的查米德斯的雕像，一位伊利亚的拳击手，因胜利而永远被奥林匹克铭记。

以后的体育健儿们也纷纷希望自己能够永垂不朽。

第八章

战车狂飙 血染赛道

耳中又传来车轴相击、轮辐相撞的震天声响；没有人乞求仁慈，也无人施舍宽恕。人们或许以为驾车者们是在一场残酷的战争中厮杀，即使血淋淋的死亡威胁如影随形，他们取得胜利的意愿依然是如此强烈。

——斯塔提乌斯 ，《底比斯战纪》，公元一世纪

古时候的竞赛活动组织者们并不认同迟到的回报：奥林匹克运动项目之一——四马战车竞赛一开始就具备了很高的水准，它比其他任何竞赛项目都更具备扣人心弦的悬念。好莱坞电影曾经对这种精彩纷呈、令人窒息的竞赛场面进行过毫不夸张的真实描述。事实上，电影史诗巨制《本－胡尔》*(Ben-Hur)* 写实般地重现了战车竞赛的壮大场面——发狂般的开始，悬念随着比赛的进行而不断提升，惨烈的突发事故令人震撼不已。在奥林匹亚的竞赛场上，大约40辆战车挤满赛道，战车间血淋淋的碰撞将难以避免；在一场激烈的比赛结束后，仅仅只有一辆战车能成为最后的胜利者。在希腊神话中，人们所钟爱的英雄佩罗普斯（希腊神话中坦塔罗斯之子和阿特柔斯之父）为赢得公主的婚约甚至也参与了一场从奥林匹亚出发的战车竞赛，并且还在比赛中害死了厄洛矛斯国王（后面将详述此事件）。将迷人魅力和高度危险性结合起来的战车竞赛如同古老的国际汽车大奖赛——即使骑光背马比赛也远不及它那么充满致命危险。尽管骑光背马也充满危险，一场比赛结束后，一些倒霉的骑士也许会一命呜呼，而其他受到上帝保佑的骑士头戴花环正在接受欢呼，庆祝胜利；但战车竞赛所带来的危险和荣耀却有过之而无不及。为了认同这项生死攸关的赛事，人们会在月亮升起来的时候举行一场装神弄鬼的祭祀活动来结束一天的比赛，司仪将一头黑公羊杀死，并将温热的羊血洒在佩罗普斯的坟头上。

在太阳升起来之前人们就开始兴奋起来了。他们推搡着挤向跑马场的东边。那里驾车者们正在一根叫做阿迦潘吐斯门廊的大理石柱廊前做着准备工作。想必那是一个很精彩的场面：人声鼎沸、华美生动，仿佛一支罗马时代的军队正在为出征做准备。战车竞赛传统上是古希腊的国王们彼此间进行的比赛——参赛者必须非常有钱才能供养一群种马——也是最贵族化的赛事。在艾丽斯城（西伯罗奔尼撒半岛的古希腊地区和城市。位于该地区的奥林匹克平原，是奥林匹克运动会的起源地）所举行的战车竞赛中，实力较弱的战车在比赛的练习阶段就被清除出去了。现在，40 辆华丽的战车已经准备妥当，一支由以诸如“野狼”、“追风”命名的战车组成的训练有素的骑兵队伍出现在赛场上，涂上油彩的装备在太阳光下熠熠生辉，战马踏起滚滚烟尘。马夫们在战车间来回穿梭，富有的主人来到战车跟前作最后的检视；驾车者身着光鲜的白色长袍，向波塞冬(掌管海洋、地震及马匹的神，是宙斯的兄弟）做最后的宣誓。

狂热的车迷们关注着每一个细节，掂量着每辆战车的获胜机率。尽管没有正式的博彩制度，但是古希腊人热中于赌博，他们会投下些不伤友情的赌注，真正的狂热车迷们已经观看过赛马的训练，为了弄清楚饲料的质量他们甚至还嗅闻过草地上的马粪。四匹齐头并进的赛马拉着一部战车前进，最强壮的一对马放在中央，它们被牢牢地拴在战车的柱子上；外侧的两匹马身形敏捷，它们被皮绳套在一起。所有的马匹都套上配有饰物的缰绳和嚼子，其中一些还佩带了缀有珠宝的鼻环。正如西塞尔.得米勒所记述的一样，为了不影响行进速度，人们通常用轻质木头或者柳条制成战车的框架。这种制作方法从特洛伊战争延续至今：尽管这些车辆通常都会被绘上鲜艳的色彩，装饰上漂亮的皮具、轻薄

的铜片以及银制的内饰，但它们的确是真正意义上的战车。

观看的比赛的人群中处处可见神气活现的贵族们在相互地打着招呼，衣着华丽的外国使节以及高官显要也出席观看比赛。最具姿色的交际花佩戴着名贵宝石，昂贵的丝绸衣服与珠宝光鲜夺目，她们正在物色潜在的顾客（早在皇家艾思科特赛马会成立以前时尚和赛马就已经紧密地结合在一起了）。这样的一天展示了奥林匹亚的奢侈生活的一面。具有超凡魅力、勇敢无畏的年轻雅典人亚西比德（雅典政治家及将军，在伯罗奔尼撒战争中因三易其主而使其卓越的军事生涯毁于一旦）曾经在公元前416年七次驾役着战车参加比赛，并因此而声名远扬。他甚至于还说服西瓦斯岛的人们为他的28匹马提供马厩，策划了历史上第一个体育活动赞助事宜。如果在战车比赛中获胜，接受封赏的是那些声名显赫的战车主人而非驾车者；如同今天的赛马师一样，严格职业化的驾车者只是受雇参加比赛，只有那些最慷慨大方的贵族才会为铭记自己的驾车者而为他们树立雕像或者谱写胜利歌曲。

那些少有的几个敢冒着生命危险，驰骋于赛道的王公贵族比驾车者更加

容易扬名立万：公元前五世纪希腊抒情诗人品达曾在他的一首颂歌中称赞底比斯城的希罗多德敢于亲自上场扬鞭策马，参加竞赛。一位名叫达蒙隆的斯巴达人和他的儿子曾经在为庆祝当地节日而举行的比赛中，68 次赢得战车比赛。他们为自己树立了一块雄伟的纪念碑，希望能够被永远铭记。

战车主人赢得比赛胜利的制度有一个正面的作用：妇女们能因此而避开禁止参加奥林匹克运动的限制。斯巴达一位名叫西里斯加的公主曾于公元前 396 年和 392 年两次赢得比赛的胜利，她取得了作为女性参加战车竞赛并获胜的突破。为此，她特意树立了一块纪念碑以感谢宙斯保佑她获得胜利；在接下来的几个世纪里，那些无畏世俗的贵妇都以她为榜样，积极参与战车竞赛。

考虑到竞赛的危险性，驾车者通常都非常迷信也就不足为奇了。他们在战车上放置符咒——例如他们将生殖器模型悬挂车上以防范报复性的咒语，他们在车上描画出一组组同心圆以保护他们不受到恶毒眼（被相信会给他人造成伤害或不幸的一望或凝视，在当今的希腊和土耳其仍然存在这种象征）的伤害。战车竞赛是巫术最青睐的目标。相互竞争的战车主人、战车驭者、以及赌徒都会请巫师为其对手下魔咒（考古学家曾经挖掘出来一块刻有咒语的石片，上面写道“让战马发疯，失去力量，失去四肢，让它们不能跑，不能走，不能取得胜利，甚至踏不出起点线半步”）。其他有些咒语则是针对那些倒霉的驾车者：“我捆住驾车人的手，让他们失明，让他们被战车抛到地上，让他们被自己的战车拽着跑过整个赛马场。”

所以，当驾车者们看到观众走到跟前查看他们的装备时，他们自然而然会感到很无助。正如斯塔提乌斯所描述的一样，“勇气和恐惧混合在一起灌注全身，让人战栗。”

神圣的赛场

在紧紧注视过战车以后，迫不及待的观众相互推挤着进入赛场。现代的考古学家并没有发现战车赛道的痕迹——在中世纪期间，赛道已经被洪水冲洗掉了——但是我们知道它就位于雅典露天体育场南面广袤的冲积平原上。古代体育迷们所流传下来的描述让我们能够重现赛道的模样。古罗马宏伟的圆形竞技场里的四周看台都安置了一圈圈石凳，周围还竖起一条条方尖石碑，而奥林匹亚的赛马场则与其大相径庭，每块场地都尽量作到因地制宜。喧闹的观众站立在陡峭的草坡上，赛道四周仅仅竖起一排易断的栏杆保护着前排观众的安全。整个赛道长600码，宽200码，比雅典露天体育场大三倍，仅仅用两条矗立两端代表转弯处的立柱标示出来。竞技场四周筑有神坛、纪念碑、雕像、并摆放有祭品，其中包括用于纪念过去胜利和灾难的大量的战车和轮辐。

穿着紫色长袍的裁判神情严肃地坐在位于终点一端的专用亭子里，而观众则密密麻麻地挤在转弯处，以便更好地看见比赛中随时都会发生的事故。赛道两端的石柱让观众记起他们面前的赛场所承载神话故事：石柱上矗立着美丽的希波达米娅公主给获得胜利的佩罗普斯加冕的青铜雕像。佩罗普斯是奥林匹亚运动员最喜爱的英雄，也是驾车者们的保护神。他或许有可能是一位真实的历史人物，几个世纪以来希腊传说不断地升华着他的英雄事迹。驾车者和观众都同样喜欢讲述关于他如何取得胜利的传奇故事。

根据历史记载，艾丽斯城的厄洛矛斯国王要求他女儿的追求者必须参加他设计的一种求婚仪式：他让那些满怀希望的求婚者用战车载着他的女儿从奥林匹亚出发，然后自己亲自驾车去追赶他们，这实际上是一场生死存亡的较量：如果追求者能比国王更加快速，那他就能够娶回公主；如果被赶上了，他将被国王杀死。没有人能摆脱死亡的威胁。当英俊的流浪者佩罗普斯前来接受挑战时，宫殿的大门外已经钉上了12颗人头（历史学家推测故事发生在公元前1280年）。佩罗普斯决定做到万无一失：他贿赂皇帝身边的驾车者米尔提洛斯，让他悄悄拧松国王车轴上的钉子。第二天，当国王策马扬鞭去追赶佩罗普斯的时候，战车上的轮子飞了出去，国王当场毙命，瞬时空中划过几道闪电将王宫烧为灰烬。佩罗普斯迎娶了可爱的公主并继承了艾丽斯城的王位。但是他非但没有感谢背信弃义的米尔提洛斯，反而将他扔下了悬崖。

这位所谓的英雄靠贿赂和欺骗赢得胜利似乎有些令人尴尬，但是希腊人却从他的狡猾中找到了乐趣。他们喜欢他的性格，原谅他用不光彩的手段取胜。希腊人喜欢这则传说就如同我们今天喜欢听到所喜爱的污点运动员的奇闻轶事一样。

当鼓声响起来后，驾车者以壮观的一字阵行排列开来，赛马高扬马蹄踏上赛道。驾车者左手握住缰绳，右手紧握马鞭或者马刺——一根在尖端安装有铃铛的长竿。在战车主人的陪同下，他们一个紧接一个走向裁判。传令员大声宣读每一位参赛者自己、其父亲、以及所在城市的名字和称谓，然后向观众大声询问是否有人对任何一位参赛者提出指控。之后首席裁判会向参赛者发表一篇冗长的讲话。最后，每一位驾车者都会从一只瓮坛里抽签，然后驾马慢跑到指定起点位置就位待发——起点线上的大门是体育史上最为奇怪的精巧设计之一。

奥林匹亚的起点大门是一种独特的典型希腊式设计，用于解决在赛马竞赛中长期存在的难题。在德尔斐和科林斯湾所举行的高水平赛事中，战车通常是在鼓声中一字排开同时出发，这就意味着在队伍两端的战车在到达第一次转弯的柱子之前不得不跑更远距离——在任何的比赛中这都是一个严重的弊端。为了提高比赛的公平度，一位雅典发明家设计了一座巨大的三角形形状的大门。它就像轮船的船首一样突出在赛场上，每一辆战车都有一个独立的赛棚，有一枝精巧的曲柄以相反的顺序打开40扇门，处在两端的战车首先冲入赛道。这种机械装置的发明实际应用了希腊在几何学上取得的发展：通过交错放行，每辆战车都能有着几乎平等的机会到达第一个转弯处，这样就消除了处于中间位置战车的优势。在古代的记载中，这种机械装置让人感到不同寻常、不可思议，装置上用于装饰的一只铜制海豚和一只闪闪发光的海鸥实际上也是运转装置的一部分。驾车者进入指定的区域自然要花费一些时间，这让观众更加情绪激动。老人们、曾经的驾车者都在显耀着自己的经验；而其他人则想起了荷马在《伊利亚特》(古希腊描写特洛伊战争的英雄史诗)中所描述的内斯特国王给其儿子的建议：

并非总是最快的马赢得比赛；驾车者的技术才是最重要的。

有种类型的驾车者信任他的马和车，

粗心大意胡乱转弯，

整场比赛也没有勒紧过马缰绳。

但有类人却知道如何用更少的马赢得比赛，

他们眼睛注视着转弯的柱子，走最近的道，

从比赛开始他们就勒紧马缰绳，关注着前面的对手

起跑装置开始启动——诗人斯塔提乌斯在其关于希腊赛马场面的生动记述中写道，“赛马们嚼着嚼子，它们的眼睛射出火焰，鼻孔里喷出体内让它们窒息的怒气。”——主裁判以扔手帕发出号令，一位官员立即拉动控制杆，巨大的机械装置像一只巨大的玩具时钟一样开始运动，铜海豚开始下坠，海鸥开始上升。然后随着一声锣鼓的巨响，大门开始一个接一个地打开。

当两辆战车同时冲出大门，40 辆战车都踏上跑道时，那必定是令人窒息的场面。希腊诗人争先恐后地创造新的比喻来形容战车的速度，他们形容战车“疾若标枪”、“快如鹰身女妖”（有着女人的头和躯干以及鸟的尾巴、翅膀和爪子的可厌的、贪婪的魔怪），咆哮如旋风嘶吼，像闪电、像流星。索菲科利斯留给我们一个更加具体的描述：“战车相互撞击的声响充满了整个竞技场，腾起的尘埃遮天避日，战车挤作一团向前狂奔，每一位驾车者都用劲地甩着马鞭，试图冲出重围，将旋转的车轴和呼哧揣气的赛马甩在身后，每位驾车者都能看到溅在车轮上的白沫，感觉到对方赛马喷在背上的热气。”

180 度转弯是对驾车者技术的可怕考验。战车的左轮不能碰到柱子。作出错误判断的驾车者会被抛出围栏，卷入缰绳中，疯狂奔跑的赛马冲出跑道冲向尖叫的人群。不幸的人们被踩在马蹄下，造成巨大的伤亡。

即便那些躲过一劫的人们也不能一刻放松神经——每次比赛都会有 23 个转弯。

战车只用 15 分钟就能跑完 12 个回合——约六英里——但是这 15 分钟仿佛永无止境，每一次转弯都会造成新的灾难，也会产生胜利的喜悦。驾车者被沉重的压力折磨着，在满是车辙的赛道上颠簸着，小心地搜寻着地面上的障碍物。观众的吼叫声震耳欲聋。“谁能够形容这些吼叫，”演讲家“金舌”迪奥这样问到“人群中的骚动和激昂，身体的扭曲和呻吟，人们喊出的可怕诅咒？即使你的举止彬彬有礼，马儿们也不会丝毫放慢速度。”斯塔提乌斯描写道，“人群不住发出的嘶吼让赛道上空的空气嗞嗞作响。”

比赛中神灵的介入无论影响好与坏都起着关键作用，在奥林匹亚，驾车者对于东面的转弯柱子充满恐惧，因为他们不得不经过一个叫做塔拉西帕斯的神坛——一座小规模的石头神殿，人们认为它能令赛马恐惧得发疯而造成难以胜数的事故。博学的学者们研究了这种现象的神秘诱因。(是否这个地方有鬼神出入，或者被巫师诅咒过？是否它是被佩罗普斯杀害的那个皇家驾车者米尔提洛斯的坟墓？或者厄洛矛斯国王的尸骨埋葬在这里，他的灵魂为他的过早逝世在展开报复？）现代历史学家发现神坛正好建在东面太阳升起的地方，当战车从南向东行驶的时候，早上的太阳光正好照入驾车者和赛马的眼睛里，让他们疑惑顿生，增加了比赛的危险性。

一队队的工作人员在赛道两边准备好在下一次车队过来之前拽出损毁的战车，让发疯的马匹镇静下来。索菲柯利斯描述了这样一场事故：“当驾车者翻滚在地，被战车拖着在地上弹动着，然后被头下脚上地扔向空中时，人们为这个年轻人发出一片惋惜之声。当他的同伴停住奔跑中的战车，将满是鲜血的尸体从缰绳中取出来时，他已经被彻底毁容，即使他最好的朋友也辨认不出他来。”尽管没有对战车冲进人群的场面进行描述，但是这种事故造成的伤亡却可想而知。

荷马对战车竞赛这样描写道：

战车在跑道上时而颠簸，时而急飞，驾车者憧憬着胜利，心潮澎湃，站在车上，指挥着在尘土中飞奔的战马。

当一声鼓响宣告战车进入最后一圈的争夺时，观众的狂热情绪达到了又

一个高度。他们尖叫着，诅咒着，哭喊着，撕扯着自己的头发，双手捂着脸，他们的叫喊声淹没了雷鸣般的马蹄声。当比赛结束，烟雾散尽，赛道上的景象让人觉得仿佛这里刚经历过一场战斗，而非一场体育比赛。获胜的驾车者跳下战车，雪白的长袍已经污迹斑斑，脸上满是尘土，他走近裁判与主人会合，他的主人依旧衣着光鲜，身上散发着香水的味道。主人将在随即举行的颁奖典礼上接受花环，但是眼下驾车者享受着人群为他发出的欢呼。主仆二人的前额和胳膊都被系上了象征胜利的丝带，观众为他们大声欢呼并将花瓣和橄榄枝抛撒在他们身上。

尽管伊利安裁判的公正性享有盛名，但偶尔也会因为不同意见，错误以及个人喜好而产生争论。不但伊利安人不能参加赛马——他们因为善于养马而闻名——而且裁判也不能参加。发生在公元前372年的一桩丑闻造成了这种情形，当时一位名叫特洛卢斯的裁判取得了三场战车比赛的两场胜利。这种结果让伊利安人确信要禁止裁判参加竞赛，不过特洛卢斯依旧保存着他的橄榄枝花环并为自己树立了一尊雕像。

在罗马时代奥林匹克运动的裁判水准降到了一个低点。尼禄(古罗马暴君，37～68年)在公元67年决定参加奥林匹克运动项目，并以参加战车竞赛作为开始。裁判们在接受了每人25000枚银币的巨额贿赂后都听命于尼禄了。尼禄使用十匹马拉动的战车参加比赛，但他最终被摔出了战车，未能完成比赛，然而裁判们却“宽宏大量”地宣称他获得了比赛的胜利。这位皇帝在颁奖典礼上宣称：“只有希腊人才懂得如何欣赏我。”然而，奥林匹亚重新找回了自尊。第二年，尼禄在罗马被杀害。他的名字从胜利者的名单中被删除，受贿的裁判门被责令退回了收受的贿赂。

第九章

五项全能

腿快步子大的选手可以跑出好成绩，能抓会打的选手可以成为好的摔跤手，然而只有各项都很出色的竞技者才能在五项竞技中取得好成绩。

——亚里士多德，公元前330年

第二天中午时分，一位传令官在凯尔特圣林吹响了号角，提醒大家在体育场的茵茵草坪上就座。公告板证实，奥林匹亚的第一项田径运动——五项全能的比赛时间到了。

观众们拥挤不堪。看台仅为竞技场长度的1/3，为了尽可能满足观众的需求——人为的把南侧提升了20英尺，跑道一侧微凸以便提供更好的视野——这还仅仅只提供了站的地方而已。埃皮克提图生动地描绘了当时的情况，正午的天空下就像一个散发着滚滚热气的白碗，而大家仍旧你拥我挤拼命地想往前凑。但是竞技场的一个个传奇故事激励了萎靡不振的观众——传奇至少能够燃起诗一般的想像。据说就在这里，神也曾举行过运动比赛（阿波罗在跑步中胜过了赫姆且在拳击赛中击败了战神阿瑞斯）。跑道上现在白沙闪闪，赫拉克勒斯早已步测了跑道。在座落于竞技场北部的克隆那斯山上，宙斯在摔跤中胜过了父亲泰坦并得到了整个世界的控制权。在奥林匹亚悠久的历史中，这个长满草的竞技场曾被改造过两次，然而这丝毫没有影响到观众对它的迷恋：奥林匹亚仍是一幕幕希腊神话曾经上演的地方。

与此同时竞技者们在私人更衣室内焦急地等待着。最近考古学家在奥林匹亚发现了这个大约设计于公元前330年的休息室，这里远离观众，竞技者们可以进行赛前准备活动，给身上涂上橄榄油，或者抓紧时间休息一下。这是一条与体育场西侧相连的长廊，大约100码，两侧都设有长凳，凉棚半遮半掩。为了使入场能吸引大家的注意，从休息室到西侧建造了拱形的石头过道(包撒尼雅斯花尽心血凿出了这条过道，这条秘密通道)。参加五项全能的选手正是在这个潮湿的，长40码的，燃烧着火把的过道里等待赛前的点名。选手们心里一定都非常紧张，他们在石墙上刻下自己最后的誓言或者信手涂上几笔舒缓紧张的情绪（很可能是使用那里的标枪尖划的)。目前奥林匹亚的过道里没有留下任何信息，但是通往复仇女神竞技场的入口那数十个清晰的例子提供了这条线索：大多数选手只是胡乱涂上他们的名字——特拉塔斯、波吕克塞诺斯、安德里亚、埃皮拉特、提姆特拉托——只有一个被爱神击中的人写道“阿开罗塔托真漂亮。”另一个可能是阿开罗塔托本人写道：“谁说的？”还有人欢呼“我赢了”。写在最后的是古希腊冠军的话：“快看腓力比的莫斯考斯——他帅呆了。”

号声奏响，传令员叫响一个名字（顺序是临时抽取的)，在四万名观众的喧嚣欢呼声中，选手们一个接一个进入竞技场，他们走过自己的教练员，教练员们都站在各自区域的木栅栏后面。教练和选手们一样一丝不挂——这一规定始于公元前404年，当时有一名已婚妇女穿上教练员的束腰上衣混入了比赛，这在当时被认为是非常可耻的。当选手们被一一介绍完毕——通常有20名竞技者参加比赛，三名负责五项竞技的裁判员示意将正式比赛用具送上竞技场。

五项竞技如此受欢迎是因为它展现了身体全部的魅力。在这个项目中，运动员们要参加希腊所有传统比赛项目：铁饼、标枪、跳远、跑步和摔跤。根据古代学者的研究，这项比赛最初是在詹森和亚尔古英雄之间进行的，当时他们正在寻找金羊毛途中的一个小岛上，詹森突发奇想，把平时大家最喜爱的五种运动结合起来，看看谁才是最全能的运动员。这项创举就这样流传了

下来。诸如亚里士多德这样博学多识的哲学家反对体育过于细化，相比之下他们比较喜欢五项全能运动员，因为他能将灵巧、速度和力量相统一起来。艺术家和评论家也持同样观点。身兼教练和运动员两职的斐洛斯特拉图斯说："五项竞技运动员要强壮不能瘦小，但也要灵活不能笨重。他应该具备一定的身高条件，身材匀称，体态良好，既不能臃肿，也不能瘦弱。"同时他还要非常灵活，有肌肉发达的臀部和修长的手指。在跳远比赛中的音乐伴奏更显示了希腊人对身体协调性的追求。

在下午进行的五项比赛中，有三项是五项竞技中特有的——铁饼，标枪和跳远——这倒更像是三项竞技。（后来跳跃和摔跤作为主要的单项比赛项目引入奥运会。）五项竞技没有确切的评判规则，这是令人吃惊的。通常情况下，如果哪一位参赛选手在这三项核心比赛中都获得了冠军，那么他就是五项竞技的冠军。如果没有一位运动员有明显的优势，那么成绩最好的几名运动员进入跑步比赛。如果还是没有明显的优胜者，那么成绩相当的几名最后进入摔跤比赛一决高下。

米隆的《掷铁饼者》也许是现存最有名的一座古希腊运动员的雕像了。你

可以在世界各地希腊餐厅的咖啡杯上找到它，它的小复制品也被成百上千万游客带回家中装饰壁炉。任何人都可以在脑海中将这幅雕塑重现：它是表现运动连续过程的杰作，捕捉到了铁饼摆回到最高点，运动员身体的每一块肌肉都充分的伸展开来，即将抛出铁饼的一刹那。这座雕塑的面部表情是自信、平静的，“既不阴沉也不严酷，是一位高贵而有血性的男儿，如果他屈尊可以写出伟大的著作。”然而就像希腊一切经典的艺术品一样，人们因为太熟悉反而容易被蒙蔽。公元前４７０年出自米隆之手的这座青铜雕塑已经丢失了。我们现在看到的是几个世纪以后罗马的三件大理石的复制品。这三件中只有一件是完好无缺的（现存罗马国家博物馆）；另外两件，一件存于英国博物馆，一件在梵蒂冈，这两件都只有躯干，四肢和头是用其他古代雕塑重新拼起来的。他们的脸本应朝后下方看着铁饼，这样有助于发挥出全部力量，然而现在他们的脸是看着前方的。

传令官发令后，三个比赛用的铁饼被送抵赛场，它们平时存放于西塞尼斯库，一个由希腊各个城市出钱维持，专门保存贵重物品的神社。那个时候比赛用的铁饼大小没有统一规定：每一次比赛运动员们用的铁饼大小都不一样。奥林匹亚运动会上用的铁饼出名的重，很可能是青铜制成的，周围还刻上圣语。不过我们无法下定论，因为比赛用的那三个著名的铁饼已经丢失了。然而考古学家在希腊各地挖出了其他２０个左右的铁饼，其中8个就是在奥林匹亚发现的。这些铁饼上都刻着运动员的名字，它们可能是哪座神殿提供的，也可能是运动员练习时使用的。这些青铜铁饼的重量大约在3磅到9磅之间，而今天运动员所用的铁饼是2公斤或4.4磅。铁饼的直径也从3英寸到7英寸不等，通常厚度都不超过1英寸（那些用铅和大理石制成的铁饼重量可达8.5千克/17.85磅，但是显然这些只是在典礼上使用。）

竞技者在体育场的最东边投掷。第一位竞技者选好自己的位置——在三条线确定的开放型的方块地之间——把沙子拍在铁饼的表面，手指划过铁饼的边缘寻找适合自己的最佳位置。古时的投掷方式和现代相比有很多限制，就好像探戈舞一样每一步都是设计好的。首先竞技者左脚向前一步摆好姿势，两只手同时握住铁饼慢慢向上挥直至与额头同高，接着将铁饼换至右手成为米隆《掷铁饼者》的姿态，旋转身体的四分之三，重心落在右脚上，铁饼脱手飞出，用斯塔提乌斯的话说，“铁饼旋转着掷出”，并“随着掷出的惯性竞技者会跳起来”。有些竞技者向下摆动手臂时铁饼会滑落，这立刻引来观众们一片惋惜之声；另外有些竞技者在阵阵喝彩声中把铁饼扔到了“九霄云外”。奥林匹克运动会的工作人员在铁饼的落地点插上木钉；下一位竞技者在界线前做好准备。每位竞技者有五次投掷的机会。

这项独特的运动究竟是怎样产生的呢？希腊语中盘子（diskos）本意是“可以用来扔的东西”。在最初的比赛中，用来投掷的东西形状多种多样，石头，金属块等，而最终选定圆形可能是传统和实际经验的巧合。在《伊利亚特》中，阿喀琉斯把一块宝贵的铁锭奖励给能把它掷的最远的人。我们知道，这些铁锭是在沙子中自然形成的，形状好像光滑的圆蛋糕，一面成波浪形，另一面很光滑。就像小学生们很快都能发现的一样，当把这种形状的石块扔入池塘时，它可以连打几个水漂，飞的最远。所以在公元前708年五项竞技被引入奥运会时，使用圆形东西投掷便成为了一项规定。

当奥林匹克运动会逐渐被人们遗忘时，掷铁饼的艺术也随之消失了。铁饼这项运动是在19世纪80年代，一群热爱户外运动的剑桥和牛津的英国体育历史学家重新创立的，很快欣喜若狂的希腊人便将它纳入于1896年重新在雅典举行的奥运会赛程中。然而古时只允许竞技者旋转身体的四分之三的规则现在改为允许参赛者自由旋转，也就是说在推铁饼前可以旋转两周；目前的规则给铁饼增加了更大的离心力，使铁饼可以飞出65米（200英尺）。古希腊竞技者在奥林匹克运动会上能掷出多远？很遗憾，我们惟一可以找到的记录是公元前480年，一位著名的名叫费洛斯的五项全能竞技者创造的，他是一位波斯战争中的英雄，当时将铁饼扔出了95英尺。如果完全按照古希腊模式进行测试，现在的运动员可以扔出120英尺，当然古时铁饼的重量仍是一个未知因素。在古代文献中能找到的惟一的另一个记录更没有可比性。据说一个住在达达尼尔海岸的鬼魂天天晚上练习掷铁饼，而他的铁饼“有两个奥林匹克那么沉”。当然了，这个超自然的竞技者扔出了100腕尺（45.7米）。

严格的挥臂投球的姿势可能对球的飞行距离没有太大帮助，然而希腊人喜欢这种优雅的姿势。现在掷铁饼的场地是弧形，允许选手有90度的偏差，然而古时侯竞技者必须将铁饼控制在只有95英尺宽的狭长的长方形体育场内。不用说，这样是会发生事故的——即使是太阳神阿波罗也曾经不小心击碎了年轻美丽的亚辛托斯的脑袋，他的铁饼在恶意的风神的作弄下偏离了轨道。一朵鲜花在亚辛托斯的鲜血中盛开，并出现了大大的几个字母 AI，AI（“天啊，天啊”）。

然而接下来的比赛更为惊心动魄。

奥林匹克标枪项目是经提议产生的。这是古代体育项目中最具军事特色的一项：希腊的男孩子们自小就开始在健身房接受标枪训练，为将来可能到来的战争或者骑马打猎做准备。竞技场上的标枪比军用的标枪要轻；立起来差不多有一人高，大概一个指头那么厚。在平时练习中使用的标枪都是钝的，而在奥林匹克运动会上使用的标枪是很锋利的。

铁饼项目的胜利者第一个入场参加标枪比赛。古时投标枪的规则和今天没有太大区别——右手提着标枪，左手前伸助跑，在右脚落地时投出标枪。但是一点技术上的不同使古代的竞技者占了优势：皮绳(agkyle)系在标枪中部靠前方的地方，皮条尾部系成一个圈可以套住竞技者的两根手指。这样做增加了选手手臂对标枪的杠杆作用，使它在飞行中沿轴向轻微的旋转，大大的提高了力量和准确度。(非洲和澳大利亚人打猎或采集浆果时使用的棍棒也基于同一原理)。古代作家称竞技者可以将标枪投出90米（270英尺）以上，这是体育场长度的一半，也远远超过现在60米的纪录。19世纪后半期，法国政府支持试用古时的皮绳；稍加练习，未经过训练的运动员也能将自己的成绩提高一倍以上，从25米提高到65米。

当然了为了观众的安全考虑，标枪的准确性还是很重要的。不止一次有旁观者在体育馆内恰好被飞来的标枪刺中。(一次在雅典，一位父亲以谋杀罪

名起诉一位运动员，因为他十几岁的儿子被标枪刺中身亡；审判裁定指控无效，因为这个男孩穿过了他本不应该穿过的射击区域。）然而神奇的是，在奥林匹亚从未有人有此遭遇。

竞技场的边上有一个50英尺长铺有软土的凹坑叫斯卡玛(Skamma)。对于古代观众来说，著名的五项竞技项目，也是最神圣最困难的项目之一跳远。古代的跳远与现在的跳远相比有三点不同：无需助跑，而是从一个固定的起点起跳；运动员手握重物；还有笛声伴奏。

重物（halteres）的与哑铃不同，两头呈块状。运动员双手握着重物，前后摆动以提供动力——如斐洛斯特拉图斯教练诗一般地描述这个重物“给运动员添了翅膀”。由铅、铁或石头制成的重物的曲线呈现易握的形状，其形如电话把手。虽然重物的用处听起来可能多余，但是2002年英国曼彻斯特大学的研究人员利用现在的运动员和计算机模拟测试立定跳远中重物的作用。研究人员发现按希腊风格手握一对7磅重物的运动员比什么都不拿的运动员跳得远6%。——跳9英尺有7英寸的助力。就像现在的运动员利用技术给他们提供助力——游泳运动员穿紧身衣、自行车运动员骑更轻更快的自行车——所以古希腊人测试各式各样的重物。重物的重量从2.25磅到10磅。设计时尚：有些重物前头重有助于向上摆动，也有些呈半圆形有助于手指用力。

对这一古代运动来说，平衡是关键。运动员在“起点”或起跳点（可能是木制的起点）摆好姿势，微弯腰屈膝。随着运动员前后摆动握有重物的双臂，笛手首先开始奏出节拍。运动员向上摆臂离地，向后摆臂垂直落地。落地必须干净利落——在沙地中绊倒或移动均视为犯规。在跳远中保持平衡需要不断的练习。笛声有助于集中精力并做好姿势，据说提出使用笛声伴奏是为了尊敬音乐之神——阿波罗，阿波罗在奥林匹亚比赛中非常成功（不幸的是几乎和所有的古代音乐一样德尔斐音乐已经失传）。裁判员用小棍测量跳远距离；同铁饼和标枪比赛中一样，每个运动员有五次机会。

在这项运动中古代人跳了多远？关于冠军的希腊称他大约在公元前480年

跳出了55英尺——事实上他跳出了沙坑并摔伤了他的腿（古语“跳出斯卡玛”意思是高超的技艺）。几年以后，名为喀奥尼斯的斯巴达人跳出了52英尺的成绩。跳的如此远以至于现在的历史学家称古代的“跳远”实际上是三倍甚至五倍跳；其他人认为，这只是一种三级跳。然而，事实最理想的称呼应该是超常跳。

五项全能竞技运动是一项令人筋疲力尽的比赛项目。一些运动员在下午的比赛过程中弃权，一些运动员被淘汰。如果在三个项目无人胜出，参加决赛的选手在神圣的树林举行的摔跤比赛中一决高下。最后的胜利者在其前额和胳膊上系上缎带并被授予橄榄枝，他将一直带着橄榄枝直到运动会的结束，那时他会被赠与花冠。他会向上帝展示其运动器械并把它留在神殿中，或者他还可能特别授权当地艺术家对其铁饼进行艺术加工。在奥林匹亚发现了两个最好的样本，一个刻有跳远的图样另一个刻有投掷标枪的图样。

所有的这一切都留给了未来。随着奥林匹亚第二天的黄昏来临，重要的商业宴会开始。

第十章

为胜利者举行盛宴

如同圆月的光芒使得夜半星辰黯然失色，

冠军的身体在众多的希腊人群中光彩夺目。

——巴基利德斯(Bacchiiydes)，《致五项全能冠军的颂歌》，公元前450年

宙斯圣林的四周是众多的庙宇和一座高山，圣林有着露天竞技场的音响效果。第二天黄昏，空气中回荡着“向冠军致敬！”(tenella kallinike)的呐喊声。佩戴花环的胜利者，被带往圣殿的道里特神庙。获胜的五项全能运动员和胜利的马术选手受到人们的尊敬。不过，上演最华丽、最喜庆的表演的是四马战车获胜者。通常他年轻富裕、神气十足，在奥林匹亚庆祝胜利要求在开销上不遗余力。

公元前416年，魅力十足的雅典人阿尔西比亚德斯——我们知道，此人在比赛中驾驶了七驾四马战车——取得了第一、第二和第四名，这是在奥林匹克历史上史无前例的事情，令人敬畏，甚至受到希腊国王的敬畏。为了铭记非凡的成就，阿尔西比亚德斯决定为其胜利宴会的豪华程度制定一套新标准，不仅招待他的支持者，还招待人数众多的所有观众。作为对他一起应付雅典盟友的赞助的一部分，雄心勃勃的政治家为了庆祝弄来了财政支持：基齐库斯提供了动物牺牲品，莱斯博斯岛提供了食物和美酒，以弗所提供了宴会帐篷。奥林匹亚从未有过如此奢靡的盛宴。当时最伟大的剧作家欧里庇得斯为阿尔西比亚德斯写了这首胜利诗，他获胜的消息如同野火一样在整个希腊蔓延开来。

最为盛大的宴会要有60或70名客人参加，需要花费一万德拉克马，这相当于一个熟练工人工作30年的报酬。华美的帐篷被烛光照亮华美的帐篷被烛光照亮，房间内到处是从遥远的城市用马车送来的躺椅。这里的用餐礼仪非常严格，如同在雅典人或米利都（Miletus）的闺房内一样。在可以开始饮酒之前，必须用餐完毕。客人们左手扶撑着，用手指抓饭吃，用右手吃正餐，左手吃面包。对于食用食品的种类和数量时，使用手指的数目也有详细的规定，同时面包与肉类食物的数量要搭配。

对希腊人来说，盛宴是男性享乐的场合。很少邀请受人尊敬的妇女，不过要举行成功的盛宴，就会仔细挑选美丽的名妓或者交际花，如同挑选佳肴和美酒一般。男主人会同高级妓院的“老鸨”（pornoboskoi，或妓院老板）联系，精心挑选这些妩媚的女子，来提供诙谐机敏的交谈。性机构还可以提供吹奏长笛的性感女孩和弹奏里拉竖琴的英俊男孩，他们通常上演色情表演，扮演神话中的爱人，像狄奥尼修斯和阿里阿德涅(Ariadne)。音乐已经遗失，不过我们知道，旋律通常是宗教圣歌的变奏，诸如《宙斯主旋律》或《阿波罗合奏》(一个希腊人幽默的开玩笑说，交际花最喜爱的歌曲应当叫做《贪婪的老鹰》，意指她们能够在

那些倾慕她们的男性身上敲竹杠）。

我们从卢西安的一部戏剧的对白中可以了解一个高级妓女在宴会上的行为，在这部戏剧中，一名妇女教导她的女儿在举止上应当如何去做：

科洛比勒（母亲）：首先，一名交际花的穿着要像一名贵妇，时髦得体、清香宜人。她受所有人的欢迎，不过不要对每件事都傻笑，她笑起来要甜美迷人。无论何时她受邀参加晚宴派对，她永远不能喝醉——男人们无法忍受你丢丑——她也永远不能表现的像头笨猪、狼吞虎咽。她用手指尖拈起食物，她不会在嘴里塞满食物后咂嘴，也不会狼吞虎咽，让两颊高高鼓起。她会浅斟慢酌，绝不会大口喝酒，只会轻轻啜饮。

科琳娜（怀疑地）：哪怕她口渴也是如此吗？

科洛比勒：尤其是在她口渴的时候。她说的话绝不超过她应当说的，绝不取笑其他客人，只把目光放在为她付账的那个男人身上。当她要与谁睡觉的时候，她并不放荡，但绝不会表现的像是并不在意。

在胜利酒宴上可以得到高级妓女，成为许多男性绚丽梦幻的主题。一名名叫尼娅拉的非常过人的妓女，在公元前374年参加了一场为四马战车获胜者举行的狂欢派对。当她富有的男伴在长椅中睡着后，“许多人与尼娅拉性交，而她已经酩酊大醉，”讲解员解释说，“甚至连男主人的仆人也不放过这个机会。”卢西安描写了另一场宴会上的一名“女同性恋”的妓女，她剃掉了头发，穿的像个男人，并为那些用来淫乐的舞女付资。当受人尊敬的妇女受邀参加这些晚宴庆典时，她们常常看不到这类情况。女哲人希帕基亚在辩论中以机智战胜了参加晚宴的其他客人，不过她发现她的聪敏并不受欣赏：一名男性客人发现他“无法与她的逻辑相抗衡，于是开始脱她的衣服”。

好胃口！

在这些奥林匹克狂欢盛宴上的菜谱上有些什么呢？人们可能会争论，西方高级烹饪术在公元前六世纪从西西里和意大利南部传到希腊。西西里这个幅员辽阔、阳光明媚的岛屿是一片富足的土地，到处都是膘肥体壮的家畜、郁郁葱葱的橄榄树和松软的奶酪；居住在意大利南部城市那些喜欢玩乐的锡巴里斯人，成了享乐主义同义词。西西里人书写了历史上首部食谱，并将他们的技术传播到内陆，特别是在奥林匹克运动会的时候。（几个世纪之后，意大利南部的希腊人教罗马人如何烹饪，但这些学生在挥霍奢靡方面很快就青出于蓝。罗马人偏好高度风干的和大胆创新的食物以及使用大量调味品的口味，最终使得传统的希腊烹饪具有了简单纯朴的地方色彩。）在苏格拉底时代到来之前，即公元前五世纪，引入的小亚细亚和非洲的风格，与希腊的烹饪术进行了融合。奥林匹亚的厨师不得不从遥远的地方运送他们自己的配料，但这似乎并未降低奢华的程度。尽管希腊人通常赞同哲人的名言，即：一个人吃饭是为了活着，但活着不是为了吃饭，但是运动会——至少对巨富来说——是一次进行令人眼花缭乱的饕餮机会。

奥林匹亚盛宴中典型的食谱包括的佳肴美味有：烧烤母猪的子宫、猪肉炖苹果和梨、煎炸灌入肝脏的羊肠、橄榄油拌捣碎的鹰嘴豆、烤小牛肉串、整只小猪内填放小鸟肉、蛋黄、板栗、葡萄干和五香肉。当地的猎人带来刚刚从附近的山中猎到的野猪、雄鹿和瞪羚。希腊人最最喜爱的奢侈的食物——鱼，因为其内陆的位置以及夏季的炎热在奥林匹亚少得可怜。不过，当美食家可以抓住冲上海岸的鱼——海鲈鱼和羊鱼、甲壳类动物和金枪鱼，哪怕是鳝鱼的时候，他们会灵感突至，说是“控制了喜悦的领地。”在早期的食物作品中，操办运动会宴会的厨师高兴的感受着制作高质量的鱼肉片：“噢，这么一条鱼温柔地躺在我的面前！我用它做了多么美妙的一道菜啊！……第一位品尝其美味的客人一下子跳了起来转身就跑，手中拿着菜碟绕着运动场跑了一圈，其他人紧随其后。我自己也高兴地叫了起来……我发现了永生的秘密；一旦人们闻到这道菜，他们就会死去，而我可以仍然行走如常。”

所有食物中大量掺杂着甜品和坚果，包括甜美的水果、椰枣、饱满的无花果、杏仁、榛子、雅典蜂蜜蛋糕，以及所有希腊人喜欢的甜品乳酪饼——

这是古代厨师所写的许多学术论文中的主题。

用餐之后，会进行内部打扫，然后开始饮酒。

饮酒是一种大众行为，不是为了酗酒，而是为了促进交谈，它被希腊人视做最好的平民化乐趣。宴会主人充当斟酒侍者，将酒与水一同放入一个公用的大容器中——水要稍稍多于酒——常常加入盐水或香料，诸如没药。我们知道，有成千上百的品种可以选择：几乎每个希腊侨民都有葡萄园，并且将其产品装在双耳陶瓶中出口。行家可以衡量出酒的价值：是甜、干、还是半甜；是芳香还是无味；是“瘦”还是“肥”。在一部希腊喜剧中，酒神狄俄尼索斯是最优秀的美酒酿造家。他喜欢产自萨索斯的琼浆玉液，“有着苹果的清香”；喜欢甘美的曼迪恩(Mendean)酒，这种酒是那么甜美，以至于“众神饮酒后把自己松软的睡床都弄湿了”；还喜欢一种香醇的Chian佐餐酒，这种酒非常温和，“是无害的——而且不使人痛苦。”

最私密且最理智的酒会大概有10~15名客人，是著名的希腊式酒会，受到有钱的学生和大学教师的喜爱（这些人绝不是书呆子，正如餐桌上的健谈者阿瑟尼斯所写的著作《哲学家盛宴》(*Deipnosophists*) 中所写的。）这里酒和色情舞蹈有助于促进高深的学术辩论。哲学、科学、诗歌、几何学——这些知识分子无所不谈。主人们甚至可以买来“交谈指南”，其中列出了许多主题，便于在聊天的时候可以拿出来探讨。合适的讨论要点包括：

◇为什么荷马称盐是神圣的，而不说油呢？

◇为什么年长者眼光长远？

◇为什么A是字母表中的第一个？

◇为什么小猪在成为祭品的时候会高声尖叫，而绵羊却保持沉默？

◇你如何避开恶毒的目光？

◇在《伊利亚特》阿芙罗狄忒的哪只手被狄俄墨得斯所伤？

尽管这种上流酒宴和那种在四轮马车内不拘小节的狂饮远远不同，但贵

族礼仪在夜晚时分肯定会乱作一团。宴会失去控制，大容器（被称为双耳喷口杯）丢得满地都是，角制容器取而代之。酩酊大醉的与会者死于极度兴奋。剧作家欧布鲁斯建议明智的客人在第三杯时就住手，因为“喝了第四杯会变得骄傲自大，第五杯会高呼呐喊，第六杯会纵酒狂欢，第七杯会导致黑眼圈，第八杯会引起诉讼，第九杯会变得乖戾，第十杯会发疯。”

爱好淫逸和辩论的教授带着金发年轻人嬉闹，老练地开着玩笑，将他们的收入抛掷在拍卖吹奏长笛的漂亮女孩上。达到兴奋的顶点时，他们常常排成被称做是komos的康茄舞队形，和身边的乐师一起围着宙斯神庙翩翩起舞。

被拒绝的移民者

古代的一些最伟大的知识分子是狂热的体育爱好者，他们实际上是西方文明中的名人。根据许多学者的看法，柏拉图在当时有一个绰号：科林斯地峡运动会年轻的男摔跤手（来源于platus，意思可能是“肩膀宽阔的人）。他实际上名叫阿里斯托克勒（Aristocles））。剧作家索福克勒斯(Sophocles)，在运动场内也可以看到他，他是一名著名的手球运动员；战胜了波斯人的西米斯托可斯将军于公元前476年参加了运动会；数学家毕达哥拉斯也可能曾是一名受人尊敬的运动教练。但奥林匹克运动会并没有属于自己的临时批评家。在希腊思想家之中常有一种不大但有力的反运动的暗流。可以理解的是，在一个理智至高无上的时代，一些人争论着意识重于身体，提出迷恋运动是轻率的，甚至是庸俗的。

曾与亚历山大大帝进行巧辩的愤世嫉俗的第欧根尼，就是一个极端的唱反调者，在公元前四世纪，他对运动场进行了抨击。最能证明的例子发生在科林斯地峡运动会上，当时他从领奖台上夺走了一个胜利花环，并戴在自己的头上，声称他在生活的竞赛中是个胜利者，并称精神成就多于肉体成就更值得奖励。“那些大腹便便的恶棍有什么好处吗？”他问一群聚在一起的人们。“我认为应当把运动员拿来当祭品。他们的灵魂猪狗不如。谁才是真正高贵的人呢？当然是那些勇于面对生活的艰难、日夜与困苦作斗争的人——不是像某只山羊，为了一点点的芹菜或橄榄叶或松叶，而是为了他整个一生中的幸福和荣誉。”

后来，当第欧根尼看到运动场进行跑步比赛时，他注意到，兔子和羚羊是速度最快的动物，但也是最胆小的，对此他感到有些讽刺意味。他后来抢走了另一个胜利花环，将它戴在一匹马的头上，这匹马不停踢踹着另一匹马，他宣布这匹马是搏击比赛的获胜者。最后，第欧根尼提到了运动员的守护神大力神，大力神清洗了奥吉亚斯王肮脏的马厩，作为其第12件苦役——然后第欧尼斯蹲在地上，清空了他的肠子，意味着竞赛者已经打扫干净。

“这时，人群散开了，”我们读道，“大家嘴里嘀咕着：第欧根尼疯了。”

第欧根尼持批判态度已达数世纪。在公元前五世纪，欧里庇得斯认为希腊的祸根就是运动员，因为他们非常自负。许多斯巴达人认为奥林匹克运动会毫无用处，因为运动会不能提高军事技术。数世纪后，罗马道德学家嘲笑体育和鸡奸之间的联系：历史学家塔西佗认为希腊运动员只吸引那些不负责任的人和性变态者。但是公元二世纪医生盖伦反对运动的呼声最高，其生涯中指导小册子《论选择职业》认为运动员是最无用的人："人人都知道运动员头脑非常简单。在他们强有力的血肉之躯下，他们的灵魂如同陷入泥潭。但是，事实是他们也不能享受身体的祝福。忽视旧的健康标准，放弃所有事情，运动员像猪一样把他们的生命都用于训练、吃饭和睡觉。他们的教练养胖运动员并锻炼他们的肢体。运动员很少能活到老，即使活到老，他们也被疾病折磨成为伤残人士。那时他们既不健康也不美丽。他们变肥，变得臃肿。他们的脸松弛丑陋，这都归功于拳击留下的创伤。"

盖伦指出，数年后眼睛流粘液被挖出；打碎的牙齿脱落；不断扭曲的关节得了关节炎。

"甚至他们身体状况在巅峰时，他们的自负对社会也毫无用处。难道你能用手中的铁饼打仗吗？事实上，运动员比新生的婴儿还虚弱。"

盖伦怎么解决的？当要选择一个职业，何不尝试做医生。

但是在奥林匹亚，反对体育运动的声音却很微弱——淹没在体育迷的欢呼声中。体育迷们非常支持这些运动员，因为他们推崇忍耐、优美体态和道德意志。除此之外，许多希腊的思想家也加入其中，在胜利的宴会上醉熏熏地嬉戏打闹，令晚上更加开心愉快。

关于一个严肃的发现

当康加诗句环绕在圣林四周时，有一处地方你是无法保持一张微笑的脸的。在佩罗普斯的坟前，一场阴沉沉的葬礼于死后的第二天天黑后举行（对于古希腊人来说，实际上已经是第三天：新的一天是从天黑开始算起的）。一只黑色的公羊被切开喉咙，它热气腾腾的鲜血渗进了土地，滋养着地下世界的这位英雄。这是对于人类悲惨命运的一个提示。在古典音乐时期，异教徒对于死后重生并不抱什么希望。甚至连佩罗普斯这样的英雄也注定要在冥界过完永生，他们的灵魂像蝙蝠一样在冰冷的黑暗中飞来飞去。据记载，这个忧伤的想法经常在最高兴的宴会上抬起它丑陋的头，“如同花丛中的一声巨响”(罗马诗人卢克莱修语)，使得这个欢快的场面蒙上一层阴影。

如此悲观的想法不得不被推到一边。这里永远是喝不完的酒——这些宴会一直持续到黎明破晓时分。第二天，这些久醉不醒的寻欢作乐者便堆积在祭坛上，像被遗弃了一样供奉给众神。

第十一章

宰牲祭神

希腊到处都有美丽的景色和动人的故事，但任何地方也无法像奥运会……弥漫着如此浓郁的宗教气氛。

——色撒尼雅斯，《希腊万象》

希腊的奥运会首先是宗教的，其次才是体育的，这以我们当代的思想似乎很难去理解。奥运会上的每项体育比赛都是献给宙斯的，进行宗教仪式的次数简直和体育项目的数目不相上下。事实上，如果你问一名观众奥运期间什么是最精彩的，他的回答肯定不是说战车比赛、跳远或者是摔跤，而是第三天在巨大的祭坛宰杀一百头白色公牛的场面。当一轮满月升上夜空之际，仪式便会缓缓开始，一如见证埃莱夫西斯的神秘教礼和在德尔斐聆听阿波罗神谕般意义深远，这是希腊最重要的民族仪式。宰牲是重要的希腊宗教习俗，虽然严格的行为规范划分了人们的等级，但在奥林匹亚，人们会抓住每个机会来精心设计，以表现神、人和动物的统一。然而，以现代的眼光来看，这天的场景似乎是盛大场面和大屠杀的奇幻混合——就像是在一个大屠宰场里做弥撒。

宰牲仪式。两位运动员正准备在祭坛的火焰上烤制大块的牛肉（牛头和牛骨已经在祭坛中熬制）。左边的人物监督着仪式；右边，一位长笛手正在演奏着音乐，而整个过程中胜利女神都一直在上空盘旋。（图案来自一只公元前475的希腊双耳罐。）

第三天一大早，观众们就在宙斯圣林的周围聚集起来。在两天的狂欢之后，人们努力使自己看起来体面一些；由于没有洗澡，尘土已经使头发凝结，一双双布满血丝的眼睛斜视着初升的朝阳。许多人已经站到石篱笆上，爬到树上向着公寓那边张望，在那里，参加节日中最盛大最精彩游行的队伍正在集结。

起初的场面就像是乡下的牲畜市场，牧牛人挥动着长鞭将一百头低吼的公牛驱赶成一列，这些公牛都是由主办城市厄利斯城捐赠的。宗教就是宗教，如此大场面的宰牲无助于世俗现实，但却能对其产生深刻的影响。身着官服的奥运会官员极力想保持鞋子的清洁，可最终还是徒劳，尽管司仪挥动着熏香的火盆，可在浓烈的动物气味面前也是无济于事。

当队伍通过大门进入圣林的时候必须遵循特定的礼仪：裁判走在队伍的最前面，随后是司仪和大使手捧着献给宙斯的珍贵礼物，再后面是运动员和他们的家人及教练，最后是一头头戴着花环的牛。整个队伍在观众面前绕场一周，最后在宙斯大祭坛前停下。一个高达 20 英尺的柴堆座落在椭圆形基座之上，顶部冒出一缕浓烟，看上去酷似夏威夷的火山；柴堆就位于宙斯神庙门前，旁边就是高达 27 英尺的壮观的宙斯青铜雕像，它矗立在那里可以俯瞰整个仪式过程（与基督教的所有仪式都在大教堂内进行不同，希腊的宗教仪式总是在神庙外面举行）。仪式由主司仪主持，在简短的开场白之后，由一位服务人员上前献上锋利的刀片。

宰牲程序经过史学家的修改已和古老的传统有所不同，体现出令人惊讶的对动物的尊重——似乎是希腊人希望减轻他们食用动物的罪恶。第一只祭牲被送上了祭坛，那是柴堆下一块经雕刻过的黑色大理石板。笛手演奏出悠扬的乐曲，奥运会服务人员们围着祭牲站成一圈，先用圣水清洗双手，然后再向祭牲的头上轻洒几滴——象征着让它点头同意接受自己光荣的使命。随后祭牲的鬃毛被削下一缕投入祭坛的火焰之中。当空气中弥漫起鬃毛烧焦的气味，司仪便轻轻向宙斯祷告，而服务人员们则每人捧起一把大麦（象征丰收）抛向祭坛。最后，助手抓住祭牲的头，切开它的动脉，让血滴落到一只银碗中。古书还记载了笛手如何奏出高亢的乐曲，声音震撼而激烈，配合祭牲不停的挣扎，直到最后祭牲渐渐没有了力气，音乐也渐渐停息。

在古代的希腊，宰牲作为基本的崇拜行为，只要有祈求神灵的场合就会进行，无论是在开战、航海、结婚和政治投票之前，还是在达成商业交易之时——这意味着希腊神庙的服务人员们一个个都成了熟练的屠夫。祭牲的大腿是属于宙斯的，需要洒上葡萄酒在火上烤制，并佐以嫩白杨枝和橄榄枝。黑色的浓烟滚滚升起，台下的人们虔诚的守望，因为人们相信那是供奉给饥饿的神灵的食物。接着，人们会用烧剩的灰烬和着阿尔斐斯河的河水涂抹在高大的圆锥形柴堆上，正是因为这样，每次奥运会之后柴堆的高度都会有所增加。接下来，宰牲仪式就按部就班的进行了。

第三天的整个上午，工人都在忙着将祭牲的剩余部分运回公寓，并放到被称为“屠夫——厨师”的大理石板上进行切割。这些祭牲的残肢将被剔去肠子和不能吃的部分，而内脏将被抛入阿尔斐斯河。（据说在西西里有一眼泉水，每隔四年都会在这时准时喷发，原因是有一条地下相连的隧道；另一个传说是被抛入阿尔斐斯河的杯子会奇迹般地浮在水面上。）接着，祭牲的残肢被分割成可食用大小的小份。古代的屠夫在切割时不会像我们一样考虑熟嫩、品质和刀功，他们仅仅依据几何形状来进行分割。即便是在国际化的希腊城市中，消费者在市场中买肉时也仅能选择要肉或是要下水。在奥林匹亚，肉块被放在巨大的烧烤坑内，和蜜饯一起穿在金属扦子上，这就是羊肉串（埃及的希腊人称之为“剑形符号”）的早期形式。

那一定是个可怕的画面。其场面和气味定会令现代的人们恶心难当——遍地是血和丢弃的皮毛与骨头，阵阵的热浪，聚集在牛群周围黑压压成群的苍蝇和满身血迹的服务人员。不过，即便是在古代的希腊也有反对宰牲的素食主义者。西方世界已知的第一起为动物权利而进行的抗议就发生在公元前460年的奥运会第三天，抗议者是哲学家恩培多克勒，他自己用生面团制作了实物大小的一只假牛，用昂贵的草药加以装饰，并当着众人的面将其分解。（恩培多克勒一直鼓吹来生转世的教条，并宣称他自己就曾做过鱼和鸟，所以他认为人们如果吃动物的肉就等于是嗜食同类。)

但是，几乎没有希腊人接受他的理论。肉在那时非常昂贵，宰牲是多数市民仅有的可以饱餐一顿的机会。第三天晚上，观众们排队参加公共的宴会，而为了方便起见，一个被称为南柱廊的地方就被用来充当巨大的餐厅，肉块都被放置在长长的三脚桌上。人们各自拿着自己的餐具。人们只是希望能得到一小块宰牲的肉，并不在意具体分到的是什么，哪怕是带有骨头和脆骨、肾或者是碎肉块。这种随意而不计较的举动象征性地反映了希腊礼拜者之间的平等。在场还有司酒官员，他们负责确保每一个市民都能分到等量的葡萄酒。当然，主办宴会的厄利斯贵族还会供应一些面包以备不时之需，可能还会准备蔬菜、奶酪和随处可见的大麦粥。

欢乐的观众们手捧盛满事物和美酒的杯盘列着队返回到宙斯神庙和那仍在冒烟的祭坛前，就在那夏日繁星之下进行盛大的露天野餐。

诗人品达用他的诗句记录了这美妙的一幕："当可爱而皎洁的月光照亮整个夜空，人们纷纷举杯共邀，当伟大的庆典来临，宴会的歌声响彻整个宙斯圣林。"

光头小子

另外，在第三天的下午，在观众们等待盛宴准备的这段时间，还安排了“男孩”的比赛——被认为是低级别的但很有趣的项目。比赛项目包括赛跑、摔跤、拳击和搏击，虽然不如成年比赛重要，但也非常受观众的欢迎。取得佳绩的年轻人会得到城市给予的荣誉，父亲们会因为儿子而确立地位，父亲还会托人为儿子谱写颂歌。

参赛年龄没有明确的规定，但一般“男孩”是指12～18岁的青少年。很少有12岁的选手能进入拳击比赛的决赛，但在赛跑方面，就像今天一样，一些天才的选手很有可能战胜那些年长的选手。在公元前368年的奥运会上，来自麦西尼的12岁大的达米斯克斯就获得了短跑比赛的冠军。一些没有出生证明而又身体强壮的男孩可能会被裁判分到成人组中进行比赛，比如在公元前588年的奥运会上，来自萨摩斯岛的一位年轻的拳击手遇到了这样的情况，但他最终漂亮到击败了所有成人对手获得了冠军。

但并不是所有人都有这么高的热情。亚里士多德就认为，过份热情的父母逼迫他们的孩子接受了过度的训练。他举证说，几乎没有青少年组的奥运冠军在长大后还能在成人组的比赛中获得成功。

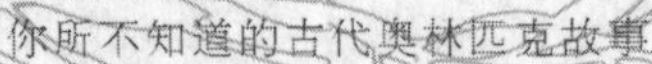

第十二章

竞技场上无庸才

宙斯啊，请在奥林匹亚的导游面前保护我吧！

——瓦罗(Varro)，罗马古文物研究者和狂热的游览者，公元前30年

奥林匹亚拥有大量的艺术财富，有充满各种艺术作品的镶金神庙和屹立着精美雕塑的花园，在它每平方英尺的土地上所蕴藏的艺术杰作比雅典卫城之外的任何地方都多。公元二世纪，作家包撒尼雅斯在他名为《希腊游记》的旅行指南中，倾注全部精力将这座国家艺术宝库的辉煌记述在其中两本上，从此长年吸引各地博学的游览者一睹为快。在奥运会期间，无数怀着不同信仰的人们，虔诚的聚集在运动场上，啧啧地称赞着艺术的魅力，热情高涨。即使是受过良好教育的希腊体育迷们也把自己当做是艺术行家，评论着远古的传说，在奥运会赛事间歇，人们如同追逐令人热血沸腾的体育项目一样着迷于游览观光。厄利斯城会指派一些义务导游带领游客观光，他们被称之为“exegetai”或“nystagogi”，即：那些向游客解说圣地的人。包撒尼雅斯说他从一个名叫阿里斯塔克斯的热心导游那里听到了许多有趣的故事，可是其他作家，像瓦罗和普卢塔克却觉得这些导游过于热心，解说冗长，总是机械地重复着他们的故事，从不理睬别人的问题，而是杜撰一些愚蠢的传说。卢西安写道：“如果希腊废除谎言的话，所有的导游将会死于饥饿，因为游客们不喜欢听真事，即使免费的也不要”。

如今，我们这些现代游客是很幸运的，我们可以在博物馆里欣赏到一些最著名的古代奥林匹亚雕像。(19世纪70年代，德国发掘者与希腊政府签订了一项动工协议，德国人在协议中表示会将他们的发现留给希腊政府，绝不会像50年前英国的埃尔金勋爵那样，偷窃帕台农神庙的大理石雕，也不会像后来法国人在德尔斐城干的那样。）当然，博物馆里仅陈列出了当年的体育迷们所欣赏到的极小部分艺术品；大部分的奥林匹亚艺术杰作在罗马帝国行将覆灭时遭到了基督教徒的劫掠和破坏。幸运的是，我们可以一边看着包撒尼雅斯的旅行指南，一边参观那些遗址，就像回到了从前一样。包撒尼雅斯是一位卓越的古代旅行家，富有而博学的他散发着些许书卷气，在向奥林匹亚艰难前进的途中，他记下了每根雕带、每座雕塑和每处遗址。第三天的下午，在男孩子们开始比赛的时候，进行一个小型文化旅游是再好不过的。略微吃些午餐，也许只是些面包、水果和美酒，游客们扔给当地导游几个钱币，只要他们不会喋喋不休地乱说一气。

一座怒视的雕像

通常，第一站会来到宙斯神庙，这是整个地中海地区最著名的圣殿，古代世界的七大奇观之一。如今，奥林匹亚残留的神庙只剩下了裸露的石灰石平台。现在，考古学家们竖起了一根刻有凹槽的多利斯式柱子，按照原始的尺寸，有60英尺高；其余的33根柱子散碎成一堆堆砾石，如乐高积木一般躺在草地上。回到古代，那些涂满石膏和绘画的石柱曾经是多么地宏伟壮丽，支撑着饰有光彩绚丽的青铜色、红色和蓝色的柱顶盘；神庙里面铺满了黑色和白色的大理石石板，海上女妖塞壬的图像镶嵌其中。

一位古代参观者可能在步入巨大的青铜大门之前正在倾听他的向导背诵着神庙的尺寸（长度为250英尺、宽度为95英尺、高度为68英尺——据包撒

尼雅斯记载）。异教徒的神庙面朝着太阳升起的东方，没有窗户，进入之后需要几秒钟的时间才能适应这种阴暗的光线。当他们穿过大厅，转到内庭时，眼前的景象使他们突然屏住了呼吸，一座长着胡须的奥林匹亚宙斯雕像赫然出现在他们面前，40英尺高，宙斯端坐在雪松装饰的宝座上，在摇曳的炬光中对他们怒目而视。这座宙斯雕像在战火中没能幸存下来，但我们从无数古代文献记载中了解到它的情况。雕刻家用象牙雕成宙斯强健的身体，他身披镀金长袍，左手握着闪烁宝石光芒的权杖，右手掌心托着身披双翼的胜利女神雕像。巨大的雕像与神庙相比显得不太协调。宙斯的头颅几乎要碰到了神庙的顶部，希腊著名的地理学家斯特雷波曾说："如果他想站起来的话，他一定会把屋顶掀掉的"。这正是神的威严，蓬松如狮的卷发，飘垂的胡须，震慑着每个参观者。在古罗马人的眼中，宙斯代表着敬畏、无边的力量和广博的仁爱。古希腊雕刻家菲迪亚斯曾说，荷马在《伊利亚特》中对神的描写激发了他的灵感，使他雕刻出这座宙斯像。在罗马教皇亚历山大的诗句翻译中已尽数将这种伟大表达出来：

（宙斯）说话，面色威严，弯着深褐色的眉毛，

芬香的卷发微微颤动，他点了点头；

决定命运的印记和上帝的处罚。

高高的天国在可怕的讯息中战栗，.

连中心的奥林匹斯山也在颤抖。

包撒尼雅斯在他的旅行指南中记载这座雕像只有40英尺高，其中连他自己也觉得难以置信：高耸的宙斯像显得无比巨大。其他参观者的反应有点儿夸张。这座雕像会使人对人生有所感悟，哲学家埃皮克提图吹捧说，只有见过宙斯像的人才会一生无憾。罗马的伊米尼乌斯将军“深受影响”，他觉得自己在“内心深处感悟到了宙斯”。“金口”迪奥说，看到这座雕像，人们会忘却他们每日的忧伤；甚至是游荡的野狗漫步在神庙里时也会晕眩静默。

充满敬畏的祈祷者喃喃自语：“我的父、我的王、城市的保护神，友好仁慈的神呀，赐予繁殖力量的神呀……”

除了令人吃惊的雕像之外，宙斯神庙很难感受到庙宇特有的安静。希腊人把这些神像看成是有生命的。在奥运会期间，司仪给宙斯穿上审判者的长袍，不时地进出运动场宣布每场赛事的结果。抛光工人每天不断从一个黑色的大理石池中取油涂抹在雕像上；这些油沿着菲迪亚斯留下的细小纹路渗入雕像内部，运输着防腐液体，就像人体里的动脉一般。神庙大厅里挤满了祈求者，他们站在宙斯面前，伸展双臂，他们的头仅仅触及到神的膝盖，他们高声争论着各自的烦恼，运动员们祈求能获取胜利，村民们祈祷冬雨来临，政客们恳求取得外交上的成功，而士兵们期望得到祝福。礼物和祭品散落一地，微型雕像、黄金号角、盾牌和战利品、甚至还有成堆的头发：希腊少年人进入青春期时，在传统上会向宙斯敬献他们的一绺头发。

神庙建有一个中层楼面，参观者可以从顶部欣赏菲迪亚斯的艺术作品。他们还可以在那里向宙斯贝壳般的耳朵低声耳语，倾诉更多的私人请求，而不至感到眩晕，他们在三层楼高的神庙里显得摇摇欲坠。至高无上的神灵对世间的祈祷者摆出尖刻的专横态度，命令参拜者在一小片纸莎草纸上写下誓言，说明将会供奉神灵怎样的礼物，通常，祈祷者如果能如愿以偿的话，会供奉祭品或捐献钱财。随后这些誓言会用蜡粘贴在神庙的墙壁上；昏暗的神庙里布满了小纸片，就像一个地下洞穴，四周排列着鼓翼的飞蛾。

希腊雕刻家菲迪亚斯闻名遐迩，深受人们的爱戴，他还为雅典的帕台农神庙雕刻了一座巨大的雅典娜神像，奥林匹亚遗留着些许“艺术踪迹”供菲迪亚斯的仰慕者探寻。艺术巨匠当年创作宙斯雕像的工场已保存下来留给后世子孙，包萨尼雅斯会在闲时去那里巡视一番。（如今，坐落在奥林匹亚的工场仍然保存完好，1958 年，德国考古学家们发现了一些青铜工具、象牙碎片和一些货币，一个表面光滑的黑色酒器上面铭刻有“我属于菲迪亚斯”，pheidio eimi。）当时，工场向古代参观者展示了一件有纪念意义的坛子，公元前420 年，菲迪亚斯为那件最新完成的雕像向宙斯祈求得到准许的讯息，一道闪电击中了工场，这个坛子便做了见证。真正的菲迪亚斯追随者也许会匆忙返回，只为靠近细看这座雕像。雕像的一只手里隐蔽地铭刻着可能是菲迪亚斯本人的字迹，献给他的少年情人：“潘塔克斯是美丽的”。

名作在古代的世界里有着它的危险，甚至连艺术品也不例外。公元40 年，疯狂的罗马皇帝卡利古拉（Caligula）下令将宙斯雕像斩首，然后将他自己的头放到宙斯的肩膀上。当工匠靠近神庙时，一阵震耳欲聋的笑声响起，几乎使他们的耳膜脱落。接着从意大利发出用来接运雕像的船只被闪电击中。卡利古拉皇帝接受神谕放弃了宙斯雕像，第二年，这个皇帝就被谋杀了，对于这一点没有一个希腊人感到意外。

遗憾的是我们今天已经无法感受古人的那种敬畏了。这个杰出的雕像最终还是于公元四世纪被基督教教皇移到君士坦丁堡，一个世纪后在一场宫廷大火中被毁于一炬。

对于古代的旅游者来说，参观宙斯神庙只是一个繁忙下午的开始。神庙每一寸空出的位置上都被绘画以及描述希腊神话的故事的饰带所覆盖。雕像的雪松座椅雕刻着东方女战士亚马孙（Amazon）的图像。神庙内部的墙壁上的柱间壁——其上的石雕讲述了赫拉克勒斯（Hercules）大力士的12 项任务的故事。在神庙外面，东部的山形墙由一组华丽的雕像所装饰，描述了佩罗普斯进行血腥的战车比赛时的场面，西部的山形墙则展示了喝醉的半人马族人在拉庇泰族人（Lapiths）的婚礼上试图抢走妇女的画像。（这两组雕像奇迹般地完好保存下来，直至今日还在奥林匹亚博物馆中展出，尽管已经没有了绚丽多彩的背景使得它们在古迹中显得那么突出；考古学家认为雕像后面的尖顶屋两端的山形墙应该是鲜亮的蓝色。）

在这片圣林附近有名的景观还包括公元前421年雕塑家帕奥涅斯所雕刻的飞翔于25英尺的柱子上的胜利女神石像；赫拉神庙里与古希腊神话相关的小古玩，包括有着微笑的女性面孔的斯芬克斯（Sphinx）狮身人面像；马拉松战役中从波斯人那里夺回来的盾牌。和所有古代的旅行者一样，包撒尼雅斯为这些希腊神话的遗迹感到非常兴奋。在赫拉神庙中，他看到了曾经哺育婴儿宙斯神的山羊阿玛尔忒亚（Amalthea）的象牙角。附近则是一根烧焦的木头柱子，这个是凶残成性的欧诺茂斯（Oinomaos）国王的宫殿的遗迹，这位国王在和佩罗普斯的战车比赛中被杀死；国王死后，这座宫殿被众神的一道晴天霹雳击成碎片。

包撒尼雅斯非常失望在他的游览中见到，佩罗普斯（Pelops）这位英雄他自己的由渔民从特洛伊城（Troy）附近的水中打捞上来的巨大的肩胛骨并没能保存下来。鲸须以及恐龙化石经常被希腊人作为英雄、巨人种族以及泰坦巨人的实体证据来展出。（“我推测这根骨头随着岁月的流逝而慢腐烂掉。”包撒尼雅斯随后在他的游记中写道：“因为它在盐水中浸泡时间太长而对其产生了腐蚀作用。”）

水的诱惑

在极度炎热的下午，参观者一定总是朝着神庙的西墙角不停张望，他们知道那里有一座大游泳池。奥林匹亚的这座游泳池在希腊是独一无二的，长度为24米，宽度为16米，深度为1.6米，大约是如今的“奥林匹克游泳池”的一半。这座游泳池主要是用来消遣而不是比赛的，它或许只向重要人物和运动员开放。令人感到奇怪的是，有些人甚至会在晚宴上举行进食比赛，而游泳对他们来说已成为一种嗜好，却没有人把这种嗜好提升成一项竞技比赛，惟一例外的是一座名叫赫尔迈厄尼的小城。

对于希腊人来说，他们从小在河流、湖泊和碧波荡漾的爱琴海边戏嘻成长，游泳就如同走路一般，是上天赋予的，不足以用于竞赛。在自由男性中，不会游泳的人会像没有受过教育和粗鲁无礼的人一样受到歧视。在众多绘画作品中，希腊人似乎最忠爱于自由式游泳，他们同样对侧泳、仰泳和蛙泳驾轻就熟，更不用说在陡峭的悬崖上跳水。城市中年老的长者对游泳的实用性或一些海洋国家更是了如指掌。最大的萨拉米海战中，希腊人以少得惊人的伤亡数量闻名于世，擅长水性的希腊水手游上岸边，不幸的波斯人像坠入大海的石头一样消失在水中。各种传说中充满了希腊水手在水里避开飞箭或是潜水者破坏水下陷阱的情节。在希腊城市举办的比赛中，划船和各种船类比赛开始风靡一时。在雅典，人们会举办有八个男人组成一组的划船比赛，有时甚至会盛行战船比赛。三排桨战舰会在远方的苏尼恩海岬举行比赛，在那里屹立着海神波塞冬的神庙，守卫着海岬，司仪献上肥美的金枪鱼，黑色的鱼血洒满了祭坛。

第十三章

和昔日英雄赛跑

他沿着跑道向前奔跑，箭步如飞，好似腾云驾雾一般，平整的沙地上没有留下任何脚印。

——*斯泰提奥斯，《泰比斯》公元一世纪*

在运动员看来，奥运会的高潮是第四天，开始的项目是赛跑。赛跑是奥运会最古老的项目之一，充分体现了希腊的传统；确实，前13届奥运会中，这是惟一的运动项目——210英尺的场地赛跑。公元前776年产生了第一个夺冠者，他是厄利斯的一个厨师，叫做克洛伊布斯。公元前724年，出现了两圈长度的赛跑，接着在公元前720年，出现了24圈长度的长跑比赛，大约有三英里。

赛跑运动员的孤独

在拂晓前的淡紫色的晨光中，至少有80名运动员已经进入体育场旁的长方型休息室等待比赛，其中每项比赛有20名选手。在早晨清爽的空气中，他们伸展筋骨，将全身涂上橄榄油，他们可以听到观众已经陆续到来，先是有稀稀拉拉的人声，然后渐渐变的喧闹起来，便知观众已经就位了，甚至人满为患。许多观众还在就着葡萄酒细嚼慢咽地吃着早餐面包，终于响起了号角声，召唤着第一批20名参赛者进入所谓的秘密通道，在那里他们将一一接受裁判的检阅。

诗人斯泰提奥斯这样描述一个赛跑运动员：“他有着古铜色的皮肤，涂满了橄榄油，看起来光滑而有光泽，”出现在体育场上，“他四肢散发着光芒，健美的身材完全展现，匀称的双肩和胸部同他的面容一样清秀，因此他俊美的面容已经完全被身体的美丽所掩盖了。”据斐洛斯特拉图斯记载，第一项赛跑理想的后选人应该，“有着强有力的脖子和双肩，就像五项全能运动员那样，但是他们应该有更为轻快瘦长的双腿……他们跑步的时候，几乎就像闲庭信步。”进到场内的参赛者开始做着最后的准备活动。斯泰提奥斯记载道：“现在他们屈膝下蹲，接下来响亮的拍击着光滑的胸部，然后反复做着疾速奔跑和急停的交替练习。”接下来他们走到大理石的起跑线前，每一个来奥林匹亚的现代旅游者都会为这些最原始的起跑线赞叹不已，它们分列于体育场的两端。在赛跑项目中，最后一圈的终点是面向西方的——这是在向古代奥运会致敬，当时奥林匹亚是一个开放的场地，运动员都是向着宙斯祭坛奔跑。因此，长跑和中长跑起点都在东端，这样可以使他们在冲刺的时候，背对着冉冉升起的太阳。这20名选手从一个银罐中抽签决定跑道。每名选手之间隔着一根木头柱子，间距四英尺，柱子上刻着一个希腊字母；运动员齐胸高的地方拉紧了一根绳子。

就像战车比赛一样，古代的赛跑比赛也考验着希腊工程师们的科技创新能力——在这个项目中，他们创造出一个迷人的弹簧装置供起跑时使用。考古学家根据在奥林匹亚的实物证据以及文字记载，曾经长期讨论过它的工作原理的精确细节。这个模型是起跑线的两端有两根木柄，中间扯起一根绳子。这两个木柄是两个相同机械装置的一部分，工作原理同捕鼠器的弹射装置一样：当两个木柄支起来的时候，就能拉紧运动员面前的绳子，但是扳动机关，木柄和绳子就会砰然落地，一个站在起跑线后的官员负责同时拉动两根绳索。(宾夕法尼亚大学的研究人员最近设计出一个相似的装置，但是在他们的设计中，绳子不是向下落地，而是越过运动员的头顶弹射到身后。)

当裁判点头示意时，20名运动员将脚趾头插入大理石起跑线的凹槽中——起跑线有两条平行的槽沟，因此，一只脚在另一只脚前方七英寸处—

—然后一跃而起。和现代蹲踞式起跑不同，古代运动员采取的是直立的姿势起跑，他们身体略微前倾，双臂张开，就像准备起跳的跳水运动员一样。发令官吹响号角，听到一声大喊“起跑”，起跑装置就被启动，拦路的绳索立即弹开。斯泰提奥斯记载道：“运动员们敏捷的冲出去，他们赤裸的身体在场地上闪耀着光芒。他们就像帕提亚人射出的飞箭。”监察官员将鞭笞那些抢跑的人和被绳索绊住的人，比赛也会重新开始。

当时的长跑是24圈，是沿着直线跑道往返奔跑。这种方式当然是跟现代运动会的方式不一样，现代采用的是环行跑道。在古代的设计中需要设置往返的标杆：对于中长跑，也就是两圈赛跑，20名选手各自有对应的往返标杆，他们要从左侧绕过这些标杆。但是24圈赛跑采用的是一根标杆，运动员蜂拥着绕过这根标杆，就像古希腊跑马场上的万马奔腾。这根标杆有一个宽大的石基，防止选手碰撞，但是这么多人同时绕过标杆，仍然为作弊提供了机会；据卢西安记载，有些“卑鄙的运动员”会给其他选手使绊，挡住他们的路，或者从标杆内侧抄近路。诗人们曾叙述过这样的故事，选手们甚至抓住其他人的头发，使他们减速。

这种糟糕的设计为现代体育中的椭圆型跑道所取代也不足为奇。而且，也曾经有人尝试把这种经典的跑道改成符合现代要求的样式：雅典的罗马体育场曾为该城市的雅典娜运动会服务，在1896年现代奥运会的时候重新整修，直线跑道两端被弧型衔接起来。但转弯处对现代运动员来说，还是过于狭窄，使他们不能够更好的发挥。(今天，竞赛项目不再使用这种跑道，只有在每年一度的雅典马拉松比赛中作为终点使用。)

希腊花瓶上的绘画描述的长跑运动员在我们今天看来也并不陌生，他们双臂夹紧在身体的两侧，大步慢跑。但是古代的选手们，更多依赖于本身的身体素质。在最后一圈中，他们会在脑海中呼唤众神帮助他们继续向前冲。荷马曾经描述过在特洛伊之围期间，举行了一场长跑比赛，奥德塞紧跟在阿贾克斯后面，他们离的如此之近，“阿贾克斯扬起的尘土未落，奥德塞就已经踏上了他的足迹，彼此的呼吸都能听到。”当他们到达终点的时候，奥德塞默默

地向长着灰色双眼的雅典娜祈祷：

“听我说，女神，不要让我的双脚失去力量。”

雅典娜听到了他的祈祷，

使他的手脚变得敏捷。

在奥林匹亚24圈的长跑需要15分钟。比赛刚开始时，懒洋洋的观众并不关心比赛，而是利用这段时间慢慢地入场，缺少激动人心的场面使得长跑项目产生了几个古希腊的笑话。其中有两个流传下来：一个叫做查莫斯的男人在六人赛跑中取得了第七名，他的一个朋友在跑道边陪着他跑，大声叫喊着鼓励他，但是都比他跑的快。“如果查莫斯有五个朋友的话，那么他大概就只能得第12名了。”

一个叫马克斯的选手实在跑的太慢了，以至于裁判们误把他当成了体育场边上的石像之一。夜幕降临的时候他们锁上了大门，当他们第二天早晨回来的时候，马克斯才跑完了第一圈。

也许你真的应该去看看。

我们知道，古希腊人从来没有举办过26英里的马拉松比赛（他们认为3英里的长跑就已经很长了）。马拉松比赛是一个现代发明，灵感来自波斯战争期间的两个传说。

公元前490年，当雅典人得知波斯大军的铁蹄已经踏上了马拉松的土地，准备进攻他们的城市，他们就派出一个赛跑选手——大多数文字记载都使用了菲利皮德斯的名字，寻求远在153英里之外的斯巴达的帮助，菲利皮德斯是一个徒步信使，在希腊的群山峻岭之间传递信件（因此，历史学家希罗多德认为“他已经习惯做此类的事了”）。他在36个小时之内就跑完了全程——这是一种超人的成绩，途中他站在山巅上，看到了畜牧之神从洞穴中跳了出来问他，雅典人为什么不定期向他供奉祭品。第二个传说更加广为人知，但可能是杜撰的。马拉松战争之后，一个信使，有些人说他的名字叫菲利皮德斯，甚至有少数人认为他们是同一个人——从战场上狂奔回来，把希腊人胜利的消息带回雅典。他踉踉跄跄跑到市政官员面前，气喘吁吁的说："欢庆吧，我们赢了！"然后筋疲力尽的倒下身亡。不管真实与否，从马拉松到雅典的26.3英里的距离，做为现代世界马拉松比赛的长度，已经被刻在了石碑上。

古代人崇尚坚忍不拔的精神。阿尔戈斯的德利莫斯是公元前320年奥运会的长跑冠军，他在夺冠之后立即决定跑回80英里之外的故乡埃比道勒斯——并在当天就到达了那里，他在自己位于奥林匹亚的雕像基座上夸耀说"这展示了我的男性魅力。"在罗马时期，运动员会绕着马克西莫斯杂技场慢跑来提高技术，有时跑上150英里也不休息一下。据说在一个悠长的午后，一个八岁的男孩甚至跑了70英里。

从人的生理状况来讲，这些成绩是可能发生的吗？许多学者都对此不确定。1982年，一位皇家空军军官和一位运动员决定检验希罗多德的说法，他曾经说菲利皮德斯从雅典跑到了153英里之外的斯巴达。他和一个朋友仅仅用了不到36个小时就跑完了全程——这启发了人们开始沿着同样的路线，在希腊举办每年一度的斯巴达马拉松比赛。这种超级马拉松比赛是世界上最长的比赛，每年九月举办，从雅典跑到斯巴达，为期两天，还要穿越阿卡迪亚山脉。当获胜者触摸到斯巴达国王莱奥尼达斯的雕像时，便会有两个当地的姑娘为他带上橄榄枝编成的花冠，现在这个纪录由一个叫做雅尼斯·库罗斯的希腊人保持着，他的成绩是20小时25分。

第十四章

兵戎相见

现代奥林匹克的最低潮是在1972年的慕尼黑奥运会——11名以色列运动员被巴勒斯坦解放组织成员绑架，两名运动员被处死，其余的在拙劣的营救过程中丧生——在古代也发生过类似的情形，公元前364年，当宙斯神圣的竞技进行到摔跤比赛的中途，被一次军事袭击打断了。

随之而来的大屠杀是千年积怨的悲剧性结果，根源在于愚蠢透顶的神话传说。居住于距奥林匹亚约四英里远的比萨人，长期以来一直认为，自黑暗的古罗马时期开始，圣殿就被伊利亚人侵占，他们眼看着节日的声望不断提高，丝毫无法掩饰心中的怨恨。公元前365年前后，当伊利亚人愚蠢的背弃了中立政策，卷入希腊人的争论，比萨人从中看到了机会。他们同伯罗奔尼撒半岛内的山地居民，对厄利斯城不抱任何感情的阿卡迪亚人联合，出兵占领了奥林匹亚——为了颂扬新的统治，他们决定由自己举办奥运会，以洗刷世代以来的耻辱。

在这种局面下，参赛者和观众同往常一样由希腊各地聚集而来，参加公元前364年的奥林匹克大会。然而，伊利亚人不可能任由这种侮辱继续下去，决定在奥运会的第二天下午，进行五项全能运动的最后一轮决胜局摔跤比赛时，向奥林匹亚发动进攻。我们可以想像当伊利亚军队呼喊着口号沿圣道向奥林匹亚逼近时的混乱场面。比萨人、阿卡迪亚人，以及他们的同盟国在哥罗底亚斯河两岸采取防御；并在神庙的屋顶上布置弓箭手。可能有总数近五千的军队被安置在奥林匹亚周围——以对抗有大规模骑兵支援，由手持长矛的重甲步兵排出的阵线。

根据历史学家色诺芬的记载，守卫一方对这场战斗始料未及：在他们看来，伊利亚人应该庆幸拥有了几个世纪的和平，而他们的战士都非常卑贱。但是，这次袭击从一开始，就非常的成功。愤怒的伊利亚人粉碎了阿卡迪亚人的防御，向前推进至宙斯的圣林，继而展开了血腥的白刃战。观众们显然将这场战斗视为刺激的体育竞赛。据作家迪多鲁士描述，观众“依旧身着节日盛装，头戴花冠和鲜花”从场外观看战斗，“公正的为双方表现出的勇猛行为鼓掌喝彩。”

伊利亚人支撑作战，直到“遭到来自拱廊、议事厅及宙斯神庙屋顶上的攻击，”迫使他们在日落时撤回营地。守卫一方惊恐万分，彻夜赶工，他们拆除了木制货摊和临时棚屋，在奥林匹亚的周围竖起围栏。这恰恰证明了棚户区的大小，临时搭建的防御工事足够大得令伊利亚人在第二天早上看到它时便放弃了进攻。古代的资料中并未列出此次特殊战役的伤亡情况，但随后的事态发展与此相关，阿卡迪亚人开始掠夺奥林匹亚的财富以支付雇佣兵；大部分希腊人看来被这种渎神行为震惊了，担心神会对他们卑鄙且无休止的争论做出严厉惩罚，带来灾难和厄运；比萨人则因为各同盟国向其提出各种要求而负担了极大的压力。

在一个有关异教徒的真实事例中，宗教对法律和秩序进行了恢复，下一次奥运会被羞怯的退还给

厄利斯，而公元前364年的胜利者们则从记录中删除了。

政治祸端

随着无休止的结盟与战争的循环，古希腊人仿佛是一个才华横溢却有着病态性功能紊乱的家族。他们有通用的语言，鲜有地方方言；他们都崇拜宙斯、阿波罗，及其他奥林匹斯山的众神；他们视外面世界的人为野蛮人而拒绝接受。但几乎没有什么能终止希腊人内部无休止的争吵。他们对自身的地域独立满腔热情，他们的军队为了琐细的争执，以极快的周期在炙热的峡谷间前后推进。只有一件事能让希腊人团结，为他们的敌对状态带来和平解决的途径：体育。体育是爱琴海世界的黏合剂。但是，奥运会并不是和平的庆典，而只是作为公开暴行的替代品——并且政治和阴谋对这一节日有着各种影响。

和体育雕像一起，战争的战利品杂乱的堆积在奥林尼亚的竞技场和圣殿中——盾牌上写着“雅典人从阿尔戈利斯人手中赢得此物”或“皮奥夏由科林斯掠夺。”为了纪念每次战役而竖立起雕像和浮雕（著名的胜利女神雕像，并非是和平的纪念物，而是由迈锡尼人树立在25英尺高的柱子上，为纪念在同斯巴达人的野蛮战争中取得的胜利）。在高度紧张的时候，观看竞赛的观众之间所表现出的兄弟情谊，丝毫不比当今公开对骂的英国球迷多多少。

公元前364年的战役，在奥运会历史上，仅仅因为存在很多政治纠纷而轰动一时。奥运会的历史上还曾颁布过诸多禁令：斯巴达人在伯罗奔尼撒战争期间，被禁止参加公元前424年的竞赛（一名斯巴达公民扮作皮奥夏人混入比赛，被公开处以鞭刑）。四年之后，斯巴达人又由于在休战期间，发动一千名士兵展开军事行动而进一步陷入麻烦。他们为此赔偿每名士兵一迈纳（古希腊货币单位），相当于今天约五百万美元。公元前380年，当一名雅典运动员因丑闻被捕时，雅典人为此而联合抵制奥林匹克运动会。

即使在没有暴力冲突的时期，政治依然沸沸扬扬。外交官们利用休战期谈判和平协议，协议条款被铭刻在石板上并悬挂于神殿的墙上。煽动性的演说家则向民众宣讲当天的重要议题。公元前388年，一位名为吕西阿斯的演说家由于发表“奥林匹克演说”反对叙拉古的暴君狄奥尼修斯而广为人知。狄奥尼修斯当时携一名随从有西西里前来观看竞赛，暴徒洗劫了该国王奢侈的帐篷。

由于符合希腊内部社会和文化的重要性，奥林匹亚成为外来征服者进行政治展示的场所。当马其顿的菲利普国王于公元前338年征服希腊时，他在宙斯的圣域中建造了一座圆形纪念建筑，名为菲利皮安；里面充满了马其顿皇室家族的象牙和黄金雕像，它永久的提示着希腊的耻辱。菲利普的儿子亚历山大大帝将奥林匹亚视为希腊世界的首都，并于公元前324年，在圣殿中发布了自己取得军事胜利的宣告。公元前146年，罗马征服者在宙斯神庙中放置了由希腊城市洗劫而来的战利品；后来，奥古斯塔斯一世将奥林匹亚原先的瑞亚神庙改为罗马神殿，并在神殿中树立了一座将自己装扮成宙斯的雕像。

可是，我们不能一味地嘲笑奥运会和平的可能性。当时正是奥林匹克激发希腊走向了明智的时期。

和平的梦想

当古代的史学家选择以朴素的眼光看待奥林匹克竞赛时，他们将公元前476年视为顶峰时期。首先，这在历史中确是非凡的时刻：早几年，希腊人联合起来，奇迹般地击退了入侵的波斯帝国，大卫和歌利亚的戏剧恰当地阐明了当前东西方的区别。同时，在意大利，希腊殖民联合击败了迦太基入侵者。在希腊，每个重要的象征，包括在这些战役中取得胜利的将军，如西米斯托可斯（Themistocles），聚集于奥林匹克竞赛庆祝新时代的曙光，希腊人团结合作的理想构想萌芽了。从前纪念城邦之间战争的纪念品从竞技场中运走，这一举措向在场的人们表明希腊人将不再重蹈手足相残的覆辙。奥运会休战期所蕴含的潜在力量似乎真的拯救了希腊。

团结的插曲短暂得令人痛心。50年之后，希腊再一次陷入伯罗奔尼撒战争，无情的战争转而提升为到空前的暴行。自波斯战争结束到这次毁灭性战争开始的50年间，由雅典的卓越政治家伯里克斯领导的黄金时代在这片土地上一闪而过，他引导无序的民主走向短暂的辉煌。伯里克斯培育出的这种短暂但璀璨的具有创造力的力量，直到佛罗伦萨文艺复兴时期才在欧洲重现。奥林匹亚从这次建设计划中获益匪浅，在戏剧、艺术、科学、哲学、历史、政治科学、数学等领域中都出现了令人惊异的杰作，这是汇集了全希腊智慧所取得的成果。

尽管是昙花一现，希腊团结的景象依然为现代奥林匹克留下了永恒的信念主题，并被吸纳进联合国机构当中。

第十五章

被遗忘的亚马逊女族

哦，斯巴达！我感谢你杰出的摔跤学校，但更赞美你那处女们的健身房，在那里，女孩子们因在男性中进行摔跤而毫无掩饰的接受赞美。

——普罗波惕乌斯(Propertius)，罗马诗人，公元一世纪

古代奥林匹克从根本上是由男性管辖的领域。尽管未婚的妇女被允许出席（希腊历史学家包撒尼雅斯明确了这一点），而妓女们也在棚户区游荡，导致男性荷尔蒙的水平如同在土耳其浴室般高涨。但只有已婚的妇女被允许在奥林匹克竞赛期间进入神殿：希腊丰收女神得墨特耳的一名女司仪，坐在竞技场北面看台的石质宝座上。（这个宝座在考古挖掘中发现，现在依然可以在原地见到，女司仪的存在是从这一节日的起源即农业庆典时期留下的传统。当然，这是希腊上层社会的妇女们非常渴求的地位。例如在公元二世纪，这一职务由慈善家希罗德·阿提库斯的妻子担任，他为奥林匹亚的修复工作投入了数百万的财富。）对于其他敢于“玷污奥林匹克竞技”的已婚妇女的惩罚是，将其推下附近的悬崖——尽管这一裁决从未执行过，即使在前面所提到过的众所周知的公元前404年的事件中，一名来自罗得斯的妇女剪短头发，穿上教练员的束腰上衣，混入看台观看她儿子的比赛。不幸的是，当她为儿子得胜而激动万分，越过教练员的围栏，由于紧抓住外衣边缘的动作而暴露了她的身份。裁判员警告她离开，因为她来自一个著名的体育世家——她的丈

夫和父亲都是奥林匹克冠军。尽管如此，偷偷参加奥运会的已婚妇女从未完全消失。有一种观点认为，竞技场位于阿尔斐斯河南岸，相对于这个狭隘的、由男性支配的领域，野营的条件很可能更为舒适愉快。

当妇女们被禁止参加宙斯的竞技比赛的同时，希腊的女孩们（约12岁至18岁之间）被授予举办自己的特别运动竞赛的权利，这一比赛在奥林匹亚举行，并供奉给宙斯的配偶赫拉，包括竞走项目——在这一项目中女孩们身着束腰短外衣并袒露右胸。仅存的从包撒尼雅斯的著作《希腊游记》中流传下来的对此特殊集会的描述，从希腊的另一方面反映了婚前的启蒙仪式，但具体细节仍少之又少。我们知道竞赛仅限于不同年龄的处女们之间的三项短跑比赛。她们在奥林匹亚竞技场中沿着与男性比赛相同的路线奔跑，但是距离缩短了六分之一，为160米。历史学家推测，她们袒露胸部的奇特装束，再现了亚马逊妇女的神话：这一由勇猛的女性组成的种族，传说居住于靠近黑海的小亚细亚地区，她们烙伤右侧胸部是为了不影响投掷标枪。

赫拉的竞技的起源同样隐藏于民间传说之中。包撒尼雅斯记录了这一节日始于最为黑暗的古希腊时期，可爱的希波达米娅为了感谢同英雄佩罗普斯

（如我们所知，佩罗普斯在那次著名的战车竞赛中因为她的协助而杀死了她的父亲）的婚礼而创立。希波达米娅在16名已婚妇女的协助下举办了这次体育竞赛——从此以后，赫拉的竞技就由厄利斯城的已婚妇女举办，由选出的最为荣耀的16名妇女为奥林匹亚神庙中的女神赫拉的雕像编织仪式礼服。这个由贵族妇女组成的小组还要安排在厄利斯城为成年妇女之神狄俄尼索斯，举行的庆典，歌唱当地的各位杰出女性（其中有Physcoa，她为神生育了一个儿子）。

赫拉节日的一些要素，在公元前约580年由伊利亚人刻制的协约中正式出现——是对男性的节日的模仿。每四年在奥林匹亚举行，胜利者被授予神圣的橄榄枝桂冠，并在最后的宴会中分得一份祭品。她们也被允许在圣殿中竖立自己的纪念物，尽管只能以画像——而非雕像——的形式悬挂于赫拉的圣殿中。冠军的父母甚至可以请人创作胜利颂歌。（与希腊抒情诗人品达同时代的诗人科琳娜很可能创作了几首此类诗歌；据说她在德尔斐的诗歌比赛中挫败了品达，致使品达毁谤她为“愚蠢的母猪”。）但是，除了这些少量的资料外，这个节日仍然十分的神秘。我们无从知晓究竟在那一年举行了这一妇女的竞技比赛，或是她持续了多长时间；一些历史学家推测她事实上与男性的奥林匹克竞赛同时举行。

对两性开放的健身房

我们可以想像那些受到阻挠的希腊妇女，在奥林匹克之外，她们被允许在体育文化中担任突出的角色。例如普兰尼城的十几岁的少女，同男孩子比赛竞走，并且在希俄斯岛，女孩们还可以进行摔跤比赛。参与希腊运动的妇女自罗马时期显露出大幅增长，妇女们的竞赛被列入大部分地方性的节日，甚至渐渐被科林斯、德尔斐及尼来亚的神圣竞赛所接受。据公元45年的一座纪念碑碑文中记载，一位骄傲的父亲夸耀他的三个女儿——分别名为琪佛拉、海德拉和迪欧尼西娅——在科林斯以及德尔斐赢得了一系列的竞走比赛。但奥林匹亚由始至终维持着保守的态度，禁止女性选手和已婚的女性观众。在两千年的时间里，只有一个漏洞可以令妇女参与比赛，即以主人的身份记入赛马比赛。(活跃的斯巴达公主西尼斯卡是第一个这样做的人，并为自己树立纪念碑，欢呼道："我在此竖立肖像／并自豪的宣布／在所有希腊妇女当中／我第一个戴上了奥林匹克的花冠。") 在此后的几个世纪中，奥林匹克竞技对已婚妇女观众的限制很可能招致了罗马妇女们前往希腊，因为在罗马，她们已经被允许同男性一同进入大赛马场；在罗马斗兽场的论战中，女性观众被安排在单独的一排。

在古代，只有一个地方，女孩们能接受全面的体能训练：斯巴达。在早期，这个位于伯罗奔尼撒中部的军事城市希望它的妇女们健康。同她们的兄弟们一样，女孩们自七岁起脱离家庭，进入一个旨在使体能尽善尽美的极为严格的机制。她们被传授所有重要的希腊运动，包括标枪、铁饼和摔跤，因此（一名希腊作家写道）"她们丝毫没有纤弱和娇气。"她们在健身房与男孩们并排训练，身上涂满油脂，赤身裸体，并在地方性的竞赛中同他人进行摔跤。斯巴达的女孩们甚至还接受艺术和文学的教育。她们因强健的体魄和直率而闻名全希腊（斯巴达的妇女们告诫自己的丈夫和儿子们从战场归来时"要么手持盾牌，要么就躺在盾牌上"）。

她们的大胆自信冲击了轻视女性的希腊。例如，"民主的"雅典，将他们的女孩们隐居在家，仿佛她们是伊斯兰面纱的俘虏，不能接受基本的教育；只有像柏拉图这样的激进的思想家建议妇女因该在社会中担任积极的角色。即使斯巴达的女孩们并未在野地里裸奔，雅典的道德学家仍然叹息，她们只穿短外衣而不穿内衣。她们被公元前六世纪的诗人伊比克斯冠以"暴露大腿者"的绰号，而这个诽谤性的绰号一直紧紧地跟随着她们。(大腿是对女性私处的委婉称谓)。她们被认为是不知羞耻和乱交——毕竟，在文学著作中，不正是特洛伊的海伦，这个最著名的斯巴达女人不忠地私奔了吗？在欧里庇得斯的戏剧中，有个角色向一名斯巴达人咒骂他们不守规矩的少女："为什么她们光着大腿不穿罩衣，和年轻的男孩子逃离家庭，还和他们举行竞走和摔跤竞赛！我对此实在无法忍受！难道你们斯巴达人就教养不出贞节的妇女吗？"

这并不意味着斯巴达是早期女性主义的天堂。她们进行训练的惟一目的是制造适合做母亲的身体，她们将繁育优秀的男性战士。据一名观察员所说，她们体育训练的目的就是使得她们的后代有“身体强壮的牢靠的开端。”妇女们并没有第二选择——六名如衰神般的官员的任务就是确保家庭生产线不被妄图逃脱社会职责的不正常的妇女干扰。裸身训练正是被精心设计为吸引丈夫的色情的广告形式，任何想逃脱婚姻的女孩都将受到严厉的惩罚。而这正是后来被纳粹赞赏的残忍的优生制度：每当有斯巴达婴儿出生，就被带到参议会面前——全由男性组成——体质差的婴儿将被扔下山谷。

在我们判定希腊人过于苛刻之前，应该牢记这一点，即使在现代奥林匹克当中，妇女平等问题依然由来已久。现代奥林匹克运动的发起人皮埃尔·德·顾拜旦男爵，从根本上反对任何妇女的比赛。在1896年的雅典奥运会中还没有女性参加；在1900年的奥运会，妇女仅仅参加了网球比赛；1904年，网球比赛被取消，改为箭术比赛。直到1928年阿姆斯特丹奥运会，妇女田径比赛才出现。妇女长跑比赛则直到1960年罗马奥运会才出现——而妇女马拉松出现于1984年洛杉矶奥运会。

第十六章

残酷的搏击

他向宙斯神祈求："助我胜利抑或赐我死亡！"于是，他倒在了拳击场，命丧奥林匹亚，年仅35岁。愿他安息！

——致一名被称为"亚历山大骆驼"的拳击手的挽诗，公元前一世纪

"此刻惟需勇气"，诗人斯塔提乌斯写道，"身体相触、刀剑相交之时最能彰显非凡之勇气"。一般到了第四日正午，就会在圣林中宣布，裁判们已经就位，准备裁决"搏击"项目——摔跤、拳击、还有搏击。这些希腊体育传统中的标志性项目起源于军事训练。它们和东方武术一样，有着严格的体例。从事这些项目的是毕业于角斗学校或是摔跤学校、具备必要身体素质的男性公民。涌向体育场草地的人群知道，他们即将看到一场盛大的人性演出；这三种对抗项目激烈、凶残而且危险，伤亡都不鲜见。运动员们将被免于谋杀的罪名。每年运动会之后，都会有火葬仪式。摔跤运动员一般顶多耳鼻开花，搏击运动员就会有断骨甚至被合法勒死的危险（据斐洛斯特拉图斯所述，裁判们允许比赛中的扼住喉咙）。然而，这三种项目中最为致命的还是拳击，运动员的头部会被重击数小时，指节上只包裹一块皮带，别无他物。阿波罗是拳击手的守护神，但是他所守护的运动员们却无人能享神的完好相貌。拳击冠军被打到毫无人形，牙齿尽脱的故事已是司空见惯，他们的脸往往血肉模糊。据诗中记载，一位出身贵族的拳击选手被夺去了继承权，因为他的兄弟已无人能认出他。

死亡更为比赛增添了刺激。正如品达所说："没有危险就没有荣誉。"

大力神赫拉克勒斯的后裔

比起上午的跑步选手，步出运动场入口的16名摔跤手个个身材魁伟、宽胸粗脖、肌肉（正如一位诗人所说）"坚如磐石"。希腊摔跤里不划分重量级，因此奥林匹克的选手们基本上个个粗壮。教练斐洛斯特拉图斯在他的训练手册中提到，摔跤手们根据体形的不同，各有诨名，比如"狗熊"、"老鹰"或是"狮子"（比如"狮子"，就是指膂力强健却后防空虚的选手，他们进攻中很勇猛，但遭遇挫折时却容易软弱）。个人的性格和力量同样重要。性格受四种特质决定。斐洛斯特拉图斯认为，粘液质的选手更适于成为摔跤手，胆汁质的选手却容易感情用事，甚至有精神错乱的危险。斐洛斯特拉图斯也同样关注审美：他警告说，脖子粗短则愚钝，脊骨修长则优美，两股粗壮易外张。他还说，臀部窄者而弱，肥者则钝，臀形好而万事成矣。（几乎无人能达到如此苛刻的标准。罗马卡拉卡拉浴场一幅精美的马赛克图画描绘了公元二世纪的一群摔跤手，他们只是一帮毫无魅力可言的打手，吃了过多的高蛋白食品，诸如填养的肥鹅，显得毫无活力，蠢头蠢脑。）

在奥林匹亚，这16名选手都剪短了头发，防止比赛中被对手抓住。有些带着皮质无边帽，在颔下固定住。他们的身体表面涂上了油，不过上面还要撒上黄色、赭色或是褐色的粉末，方便互相抓握，不过有些选手会偷偷用油手去擦肩部或是大腿，以防被对手抓住。选手们一面祈求宙斯，一面从银瓮中抽出一支签。大家没抽完之前不允许看自己手中的签。之后，裁判会走到他们中间，依据签上的希腊字母顺序将16名选手两两配对。如果选手数是奇数，其中有一人会抽到轮空签，这是很幸运的，因为他将直接进人下一轮比赛。之后，第一对选手就走上运动场中心平坦的沙质摔跤场。

摔跤手站好位置，把头低下，两人的臂膀绞在一起，（正如荷马所说），“像紧扣在一起的椽子”。诗人如此描述埃阿斯和俄底修斯的较量：

壮士的脊背发出嘎嘎的声响，承受着大手粗狂的攥压
和推搡，汗水淋淋，倾盆而下，
两肋、肩头上，暴出一道道血痕……

随着选手腾挪、躲闪、佯攻，他们低沉深重的叫声回响在竞技场上。希腊人把这种摔跤叫做“立式摔跤”：只能抓腰部以上部位，允许用脚绊，将对手摔倒三次才算胜利。选手的膝、背或是肩触地就算摔倒。这是三种接触性项目中最温和的一种，比赛过程中禁止抓、提或击打“柔弱部位”。兴奋的观众狂喊加油，为结果下赌注。每次摔倒都会扬起一片尘土，场上响起雷鸣般的呼喊声。（奇怪的是，现代奥林匹克运动中的“希腊—罗马式摔跤”的规则与之略有不同，禁止用脚绊。）

从古代陶瓮的绘画上，我们得以了解希腊摔跤最流行的动作：据说杀死了克里特岛迷宫中牛头人的雅典英雄忒修斯发明了摔跤。这些陶瓮上的绘画经常描绘他用一些经典动作和对手较量。画上也描绘赫尔克勒斯用摔跤学校的全套动作同海怪和狮子作战。其中有大家熟悉的“握单臂背摔”，就是指摔跤手抓住对手的手臂，将他从背后摔到前面，后背着地。可怕的“举体摔”指的是摔跤手将对手从腰部抓住举起，将之抛起，然后用力摔在地上。最致命的是头部着地。（古希腊语中有个说法“抓住他的腰”意思就是控制住了某人）。还有花样繁多的绊法，此时，脚上功夫和快速反应能够将强壮的对手摔倒在地。老派的摔跤手们不屑用这些花哨的脚上动作。一首诗中如此写道：“别人动作花哨，而我只凭力量取胜，惟此才是斯巴达人之正道。”

一轮轮的比赛进行得很快，场上选手从16名变成八名，四名，直至两名筋疲力尽的选手争夺桂冠。在某些极其罕见的情况下，某一名选手在训练阶段的表现就震惊了希腊摔跤界，以至于比赛中无人敢与之对抗。第四天上午的比赛中，他会发现自己在运动场上没有对手，于是他“不用弄脏手”就被宣布为冠军。克罗顿的米罗就是这样一名选手。当他到裁判面前接受冠军的绶带时，不小心滑倒，膝盖着地。观众们开玩笑地说，他不该夺冠，因为他已经触地一次。

公元前六世纪末的米罗是惟一一名曾获得五届古代奥运冠军的摔跤手。40岁时，他最终在第六次比赛中落败。他在意大利南部当了一名将军，功勋卓著，却最终因为虚荣而丧命。一次他独自在乡间漫步时，看到一截用楔子劈开的干树桩。为了证明自己的力量，他想徒手将树桩掰开。不幸的是，楔子滑落，他的手被夹住脱不开身。夜间，狼群涌来，导致这名最伟大的奥运冠军葬身狼腹。希腊其他著名的摔跤手们似乎智商都不高。一位名叫波里达马斯(Polydamus)的选手甚至模仿阿特拉斯神，在地震时想撑起坍塌的洞顶。同伴虽然得以逃生，他却在坍塌中丧命乱石下。正如荷马所说，以蛮力生者必将因蛮力亡。

草地上的低吼

此时，16名拳击手正在戴上手套。这一过程费时很久，需要教练严密监视。传统的手套由十英尺长的皮带制成。皮带事先用油或动物脂肪泡软后，就缠在拳头和手腕上。这些被错称为“软手套”的东西被用来保护拳击手的指节，而非对手的脸。后来，大约公元前400年，一种更可怕的“硬手套”流行起来，这种“硬手套”是用更粗砺的皮带缠在前臂一层羊皮绷带上，并且在指节处缠得更为紧密，已达到类似现代拳击手套的效果。这种可怕的用具被称为“蚂蚁”，因为它表面有毛刺，能够划伤皮肤。前臂上的羊皮是用来在每个回合之后擦汗擦血用的。（据称罗马人发明了一种更加凶残的手套“卡斯图斯”，在指节处装置了金属甚至铁刺，但是这种手套是否常用，历史学家们存有争议。）

同样的，拳击手们抽签决定对手，第一对选手做好守姿——根据陶瓮的图画，他们脸侧向一边，左手前伸，右手在后，与肩同高，有点像自由泳中间的动作。心理威吓也不鲜见。厄比乌斯在《伊利亚特》里战前口号令穆罕默德·阿里也相形见拙：“谁人与我作对／我将撕裂他的皮肉，捣碎他的骨头！／让他的亲友缩挤在拳场的一边，／以便在我的拳头将他砸倒之后，将他抬走！”两名拳击手在三名裁判面前碰拳三次，“呼吸残杀的气息”（一位诗人如此写道），之后，根据荷马记载，他们扑向对方：

……他们大步跨进赛圈，
面对面摆开架势。一时间，粗壮的胳膊
来回伸缩，绷硬的拳头交相挥舞，
牙齿咬出可怕的声响，汗水淋湿了
每一块肌腱……

古希腊的奥运规则制定于公元前688年。该规则对拳击比赛的规定不同于现代拳击运动。希腊人没有护栏，因此没有“被推向护栏”的说法。拳击手的活动范围是整个运动场（如果拳击手跑得太远，裁判将会用杆子击打运动员的膝盖，以限制比赛的范围）。古希腊的拳击比赛是没有回合的——比赛一直要到其中一方被打得不省人事或者竖起右手的中指以示认输才会停止。但古代的拳击比赛远比现代拳击比赛致命的主要原因在于古希腊的拳击规则规定只能以对手的头部为目标。（这项规定也许源于该运动的军事性质。据说斯巴达人发明拳击运动，训练士兵如何在没戴头盔的情况下进行搏斗，以使他们的头部更加坚硬，并让他们学会避开攻击。）拳击手还可以使用手的侧面以及关节进行攻击，而毫不留情地连续击打已被击倒在地的对手也是不受限制的。

多数比赛开始的时候节奏都比较慢。斯塔提乌斯（Statius）说："拳击手并非一开始就愤怒地出拳，而是相互保持一定的恐惧，在激动的情绪中掺杂着谨慎。"只有没有经验的拳击手才会急于加快比赛节奏。但只需很短的时间，比赛就会变得极其惨烈。诗人昆塔斯·斯麦那伊斯描写道："汗水像蛇一样掺着殷红的鲜血从泛红的脸庞流淌下来。"斯塔提乌斯指出，灵活的步法可以帮助选手躲过"数以千计攻向额头的致命打击"。奥林匹克冠军加利亚的麦兰康马斯将防守提升为一种艺术。他可以一次防守整整两天，迫使他的对手因筋疲力尽而放弃比赛。在古希腊所有的拳击手中，只有他可以在纪念碑上夸耀自己英俊的脸庞没有任何疤痕。与他完全相反，罗德岛的迪奥格拉斯则像受虐狂一样，以自己从未躲闪任何攻击而感到自豪。这使得他的外表千疮百孔。但这仍无法与昔勒尼的欧利达马斯相比，他的牙在一次奥林匹克比赛中全部被对手打掉，但他没有将打掉的牙吐出来，而是将它们全部吞下，不给对手得意的机会。

古希腊时代的观众们在拳击赛中也会爆发出热情。许多人常常从看台上跑下来，围着已经摇摇晃晃的拳击手呼喊、尖叫，并与他们一起挥动拳头。观众与选手的距离如此之近，与选手只有一臂之隔，甚至可以接触到选手飞溅的汗水。一场伟大的拳击比赛可以永留史册，几个世纪后还被拳迷们津津乐道。像现在的拳击迷们一样，古希腊的观众们喜欢看到强壮但动作缓慢的拳手与瘦小灵活的拳手对决。这样的比赛经常在文学作品中再现：诗人萨奥克里图斯描述过波里德乌克斯的贾森·阿贡那乌茨与肌肉发达的巨人阿密克斯之间的一场比赛。巨人"用尽全力打出一记重拳，双手并用但一无所获，气得他咬牙切齿"。阿贡那乌茨侧步躲过攻击，然后短促有力地击打巨人的面部，直到他几乎失明。他的致命一击将对手的额头打得皮开肉绽。

在奥林匹亚，观众们特别希望看到弱者的反击。斐洛斯特拉图斯描述道："观众们尖叫着为实力较弱的选手加油鼓劲，随着他挥舞拳头。如果他碰巧打中了强大对手，甚至能够击中对方的脸部，观众就会欢呼雀跃、兴奋至极。"但观众的反复无常也是令人生厌的。来自埃及的阿里斯托尼克斯虽名气不大，但却在公元前212年与来自底比斯的著名拳手克雷托马齐奥斯的对决中得到了观众声势浩大的支持。（据编年史记载，观众"喜欢看到有人能够与冠军对峙，哪怕仅仅只有片刻。"）当那位不知名的选手展开猛烈攻击的时候，克雷托马齐奥斯产生了对观众的厌恶。在赛间休息时，克雷托马齐奥斯转向观众，愤怒地质问他们为什么这么支持实力处于下风的对手。"难道他们认为克雷托马齐奥斯违反了规则？或是他们不明白他是在为希腊的荣誉而战，而阿里斯托尼克斯则是为了托勒密国王的荣誉？难道他们真的想看到一个埃及人赢得奥林匹克冠军？难道他们不希望一个底比斯人成为拳击赛的胜利者？"

斐洛斯特拉图斯称："当克雷托马齐奥斯这样抱怨之后，观众的情绪发生了变化，最终是他们的喊叫而非克雷托马齐奥斯的拳头击败了阿里斯托尼克斯。"

有些拳击比赛会突然终止，就如荷马在《伊利亚特》中描述的乌比乌斯与欧里拉勒斯之间的对决：

正当他的对手寻找出拳机会，
厄比乌斯接近对手曲臂挥拳向上一击，
欧里拉勒斯被打得四脚朝天……
他双脚拖在地上被朋友们拖过人群，
口吐鲜血，头偏向一边。

另一些诗人形容被击倒的拳手像"被宰杀的公牛"。斯塔提乌斯描写一位拳手将他的对手击倒在地，然后在对手竭尽全力站立起来的过程中不断进行攻击。尽管观众们喊道："快！把他拉下去。""但他直到对手被打得头骨破碎，脑浆迸溅才停止攻击。”另一些比赛则要持续到选手体力耗尽才能终止。拳手们会通过相互约定暂停比赛，以获得片刻的喘息并擦拭面部，然后步履蹒跚地重新开赛。如果比赛时间太长，裁判会将参赛双方隔离开，命令他们停止防守并轮流击打对方——这很难说是一种人道的解决方法。在尼米亚举行的一次相持不下的比赛中，一位来自锡拉库扎名叫德谟克萨诺斯的拳手用指头刺入对手的胸腔，扯出他的肠子。但裁判并没有判定德谟克萨诺斯获胜，这样的判决并非因为他杀死了对手，而是因为概念模糊的技术原因——裁判认为德谟克萨诺斯实际上一次打了对方四拳，一根指头算做一拳。

无所不用其极

如果用奖赏给胜利者的金钱来衡量某项古希腊体育运动的受欢迎程度，搏击就是古地中海地区众多有奖体运项目中最受欢迎的。这项运动通常能够提供高于其他项目两到三倍的奖金。这是一项引人入胜的运动，它混合了摔跤和散打。在这项运动中，只有对手被迫投降认输比赛才会结束，而给对手施加最大的痛苦则是这项运动公开宣扬的目标。搏击几乎不受任何奥林匹克运动规则的限制：可以勾锁臂膀、折断腿部；也可以攻击身体的任何部位；甚至踢向腹股沟。将对手勒死被公认为是最有效的取胜手段。也许在今天看来，搏击是残忍的，但在当时的希腊，搏击却是最好的技巧性运动，因为它将无尽的力量和芭蕾式的功夫完美地结合起来。

由于该运动的危险性是显而易见的，搏击通常在特殊的软质场地进行。在奥林匹克体育场，成群的观众用锄头翻刨土地，然后用水浇湿，他们把这种粘粘的泥土称为“蜂蜡”。进入决赛的选手通过抽签决定对手，第一对选手将在泥潭中展开殊死搏斗。

据载，选手在比赛一开始只是试探虚实，积聚力量，伺机在关键时刻给对手致命一踢或是来一个锁臂勾腿，迫使对手立刻出局。在公元前364年，来自西锡安的一个名叫索斯特拉托斯的选手用折断对手手指的战术迫使对手投降。大家给他取了个绰号叫“手指先生”，他先后获得了三届比赛的胜利（尽管他的战术是合法的，但其他选手并没有向他学习，而观众也很明显地表现出对这种战术的蔑视）。选手们抱作一团，膝盖跪地，摆脱、挣扎、搏击，从头到脚都被湿泥覆盖。和标准的摔跤比赛不同，搏击选手可以抓住对手腰以下的部位，而且搏击比赛也不计算选手被摔倒的次数，而是以一方选手伸出食指认输作为比赛的结束。获胜的有效战术是“阶梯锁”——选手扑在对手的背上，双腿紧盘对方腹部，双臂锁住其颈部，以至于对手不能呼吸。“锁脚”这种让人倍感痛苦的招式也曾在比赛中使用。一个来自西里西亚的小个子搏击选手发明了这种招式。神谕里曾说他仅仅通过踩踏的方法就能赢得任何比赛。一开始其他西里西亚人对踩踏战术束手无策，但后来他们意识到如果对手将自己踩踏在地，他们可以紧抓对手的双脚，用力摔开，然后双腿盘住对手，直到其屈服。

毫无疑问，有的比赛是非常血腥的。陶瓮绘画曾描绘了搏击选手血流成河的场面，选手们的鼻子和手掌流着鲜血，道道血迹印在背上。一位当代作家曾这样描述：选手们一次又一次将对手击倒在地，用尽全身力气将所有的重量压在对手身上，就像坍塌的煤矿将人埋在地下。在奥林匹亚，人们认为忍受痛苦是一种荣耀，因而比赛变得更加残忍：双腿扭曲、肩膀脱臼、肋骨断裂是常有的事。有的搏击比赛在夜幕降临时还不分胜负，例如，来自士麦那的克劳迪亚斯·鲁夫斯尽管碰上了上一轮比赛轮空、体力充沛的对手，但却坚持到天黑也不认输。最后，比赛组织者专门表彰了他。在比赛中宁死不屈的选手是最受人尊敬的。在奥林匹克搏击历史上最让人难忘的胜利者是我们提到过的阿希支翁。在公元前564年的决赛中，他被对手用“阶梯锁”锁住而几乎窒息。在教练的吼叫声的激励下，阿希支翁设法翻转身体，将对手的双腿狠狠地扭在一起。就在阿希支翁临死之前，他的对手伸出了食指以示投降。裁判顺理成章地宣布：胜利属于已经死去的阿希支翁。据说，阿希支翁的对手在逝世时仍然无法抹去那场搏击比赛的阴影。

像奥林匹克比赛中的径赛选手一样，从事对抗性运动的选手也喜欢为自己添加能炫耀其荣誉的称号。在希腊神话里，大力神赫拉克勒斯在奥林匹亚

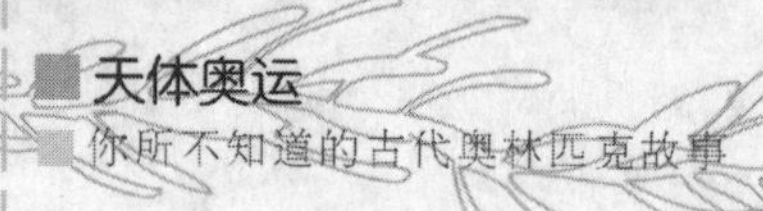

同时赢得了摔跤和搏击两项冠军，所以后来再有如此壮举的选手就被称为“赫拉克勒斯的继承者”。在德尔斐、科林斯、尼米亚、奥林匹亚四项希腊最神圣的运动会中的获胜者被称为“巡回冠军”，或者被称为“非凡的人”。

但当比赛欢呼的胜利者出席灯火辉煌的宴会时，我们可以想像，在奥林匹亚某个凌乱的房间里正躺着一个落寞的伤者。

第十七章

水蛭也成了妙方

当心医生！他们是惟一能杀死我的人。

——罗马墓志铭，公元一世纪

古希腊的医学是理性和神秘主义的混合物！著名的医药之父希波克拉底(公元前460年~380年)，指出了一条通往治疗艺术的科学的途径，但是在治疗运动伤害方面仍无可避免地停留在迷信和哲学幻想的程度。当诸神通过梦境向患者传达至高无上的医疗建议的同时，古代的医生们则旨在平衡患者体内的四种体液——即血液、粘液、黄胆液、及黑胆液（此原则作为西方医学的基础一直持续到19世纪）。

通常有一名常住当地的内科医生被登记于奥林匹克官方名册。在奥运会期间，他由数名教练协助——他们是照管室内体操场的工作人员，通常具备急救方面的实践知识。这些医护小组的先驱们通常在第一天赛马场的马术比赛之后最为忙碌（古希腊著名医生盖伦记录了在驾驶战车和赛马比赛中经常发生的胸部、肾和盆骨的损伤——当然也有人因扭断了脖子而当场死亡）。在比赛的第四天，扭伤的摔跤手，脸部被打扁的拳击手，以及各种伤势都可能有的自由搏击手，同样让医护人员忙碌不堪。而且，需要治疗的很可能不仅仅是运动选手。除了缺乏准度的标枪和铁饼带来的风险，观众们还面临着食物中毒、痢疾、中暑和疟疾的严重威胁。正如我们所知道的，米利都（Miletus，小亚细亚西部古城）的著名哲学家泰勒斯就因为脱水症而死于奥林匹亚；无疑，还有一些不甚知名的人死去了，他们的病症没有被后人记载。

在每一个希腊城市和神殿，都有医疗场所。考古学家们无法确认其在奥林匹亚的位置，但是，位于露天体育场和竞技场之间的，今天被称做“古希腊建筑”的建筑群，似乎是合理的选择。在这为时五天的节日之外，其必定担当着军队医院的作用——事实上，很多运动场上的急救治疗都是直接自战场上转化而来。

由于希腊的医生中缺乏麻醉师，尽管已经自柳皮中提取出了阿司匹林，并作为温和的麻醉剂和退烧药而广泛使用，但少量的鸦片仍渐渐自东方流入希腊。希腊的医生对细菌感染也几乎一无所知。但是，今天我们必须对他们有实用价值的医疗手法予以承认：用于治疗骨折的夹板技术；用于严重伤口的缝线技术；可用于各种创伤的用羊毛绒制作的绷带。扭伤由“按摩治疗师”医治——他们是物理疗法的先驱。由于缺乏正统的实践，运动员的脱臼接合治疗采用绳索固定的方式。医生们可能参考了蒲纸文献：希波克拉底的著作中非常有用的成果，如对头部损伤的治疗，及其他列出的“用于摔跤运动造成的损伤的”治疗方法。水蛭被用于治疗如踝关节扭伤一类的轻伤，及其他较严重的疾病，如腹泻、灌肠或长时间的全豆类节食（all-lentil diets）。

通常，医生药箱里装满了草药，这些草药要在每个月适当的时期用专业的切根机采集。特殊的草药加入大蒜、块菌、蘑菇及鸟类骨灰等成分；一种由海豚的肝脏制成的药膏则外用于皮肤类疾病。盖伦在公元二世纪的著作《合成药物》中记录了一种药剂，被他颇具市场眼光地命名为“奥林匹克冠军软膏”。这种药膏用于缓解肌肉拉伤，是由新鲜鸡蛋、芦荟、藏红花、镉、锑、氧化锌、乳香和没药等成分混合制成的一种起镇痛作用（并带有芳香味道）的油脂。

神的诊断

希腊的诸神参与着古希腊人生活的方方面面，在医学领域也是如此。即使最理智的异教徒医生也认可由药神阿斯克勒庇俄斯在梦境中对患者作出的诊断。

不幸的是，似乎神性具有虐待狂倾向。根据记载，一些发烧到几乎无法走路的病人，却在梦中被阿斯克勒庇俄斯命令跳入冰冷的河流，或航行越过海湾驶入雷雨之中，或旅行20英里前往阿波罗神庙。其他患者被命令在冰雪覆盖的森林中奔跑一英里，绝食一周，或数年不能沐浴。一个严重的问题是，神发出的信息通常是含糊不清的。如果是苏格拉底在梦中出现，并给出明确的指导，那么一切还好说，可是，如果一个人梦到被巨鸟夺去生命，或是同人头马共进晚餐又如何呢？对此类梦见做出解释是一种高度复杂的艺术，除了当地的医生之外，奥林匹亚有一位专职的解梦家——不是指那些出席节日的流浪者。疑病症患者可以参考著名的阿提米德罗梦境纲要，其中列出了常见的梦境——例如，看见血流成河——及其含义。毫无疑问，弗洛伊德对阿提米德罗极为入迷，赞誉他是对潜意识最早的探索者。奇怪的是，在弗洛伊德翻译阿提米德罗德的作品时，却过分拘谨地遗漏了对一个男人梦见同自己的母亲性交的解释。根据阿提米德罗的观点，这个乱伦梦境的意义在生病期间是至关重要的：根据性交的姿势，该梦境可以预示出痊愈、死亡或单纯是对父亲有所不满。

当然，奥林匹亚的医职人员有其自身的局限性，更多地提供的是一种急诊式的“修补结束就滚蛋”的服务。需要长期的治疗的伤残运动员们不得不四处投医，到拥有健康疗养所的地方就医。

来自奥林匹亚的参赛者不得不被马车运送百余英里，前往埃普道鲁斯(Epidaurus，伯罗奔尼撒北部的希腊古城)，异教徒领地中最显赫的医疗中心。虽然不像小亚细亚大温泉疗养地那么奢华，埃普道鲁斯仍然深受医药神阿斯克勒庇俄斯的垂青。受伤的运动员可以在圣殿的浴池中疗养数周乃至数月，将双脚泡在神圣的温泉中，斜靠在动物毛皮之上，等待神灵赐予他幻象。无害的黄蛇四下里滑行——因为它们会蜕皮，希腊人因此将其视为重生的象征，最初它们用来象征近代的医生——直到后来采用了狗在患者间走动轻舔张开的伤口，这显然是更为有益的效果。平静而益于冥想的气氛。恰如19世纪后期瑞士和科罗拉多的山区疗养院，埃普道鲁斯吸引着富有的患者，他们一边接受着内科医生、放血医师、护符制造者和看相者的侍候，一边以写作史诗打发时间。

与这种放松的方式截然相反的是，一个结合了严格节食和强度训练的极端的医学分支。这是赛林布利亚的赫罗迪克斯于公元前五世纪创立的，他显然以此治愈了自己致命的疾病。并非所有希腊人对此持狂热态度。“在他的这种体育和医学荒谬的大杂烩中，”柏拉图尖刻地挖苦道，“赫罗迪克斯找到了一种先折磨自己，再折磨世界的方式，他虚构了一种徘徊不散的死亡氛围。”

如果运动员在梦中接受了阿斯克勒庇俄斯的治疗，那么所付费用就是相关事务中最难以对付的：客人必须在埃普道鲁斯留下丰厚的贡品，否则将承担严重的后果。（一名装作身无分文的守财奴脸上带着比原先还深的伤痕死去了。）很少有人敢冒这个风险。从圣殿中发掘出的大量青铜匾额证明了神示的疗效；这些匾额和痊愈的肢体及身体部位的细小模型一起悬挂在神庙的墙上，表达了患者们的感激之情。

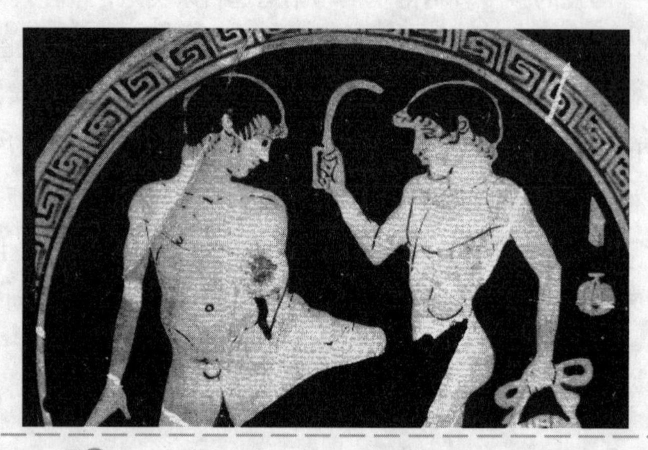

第十八章
最后的祭奠

于是，严谨的裁判，结束了古老的赫拉克勒斯仪式，为胜利者戴上灰色的橄榄枝桂冠。

——品达，《奥林匹亚颂》

节日最后一天的拂晓，打破了彻夜狂欢的残梦，蜷缩在角落里的狂欢者像死人般沉睡，野狗在腐烂的食物残渣中觅食。宿醉的摔跤手、拳击手和角斗士起身向大力神赫拉克勒斯的祭坛致谢，同时还有其他一些在头天的竞赛中获胜的选手——古代特有的竞赛的获胜者称为铠甲一族（hopitodromia）。奥运会最后的运动竞赛以希腊步兵而命名为重甲步兵（hoplites），其重要程度仅稍逊于与皇室有关的运动。参赛者无需经受严格的奥林匹克训练，穿上正式的青铜铠甲，铿锵作响的在竞技场中来来回回走上两圈。这一类人出名的笨重，赛跑者一边撞倒其他人，一边丢盔弃甲，然后轻快的跑动。无论希腊人是否认为这一幕非常有趣，这一类人毫无疑问会逐渐遭受到嘲弄：在雅典剧作家阿里斯托芬的戏剧《鸟》中，有一个角色将身着羽毛服饰的歌唱演员比作了披甲赛跑者。

于是，在第五天，奥林匹亚将因富有声望的颁奖仪式而恢复它的庄严。

在宙斯圣庙中，橄榄枝桂冠被排列于由象牙和黄金制成的桌子上。这些桂冠也近乎是神圣的：在传统的仪式中，它们由一个父母都健在的男孩，用黄金制成的镰刀，从宙斯的圣树上砍下。（奥林匹亚的观众可能非常敬重这棵树，这棵树位于圣林西面，由围墙保护着。）此刻，冠军们以手臂上的丝带及手持的松枝而从人群中区别出来。随后经过沐浴和装扮，他们进入奥林匹亚圣殿，在宙斯面前被宣布为冠军，并带上橄榄枝桂冠。再度出现时，他们由朋友们扛着，在花雨和音乐声中，环绕树林游行。

对于希腊人来说，这是凡人所能达到的最近乎神化的时刻——并且，这一荣誉还将延续给后人。据历史书记载，公元前448年，罗得斯（希腊东南部城市）的拳击手迪亚格罗——他在16年前曾赢得过奥林匹克冠军——的两个儿子分别赢得了角斗和拳击的桂冠。当两名年轻人扛起自己的父亲，并将桂冠戴在父亲的头上时，人群中有人喊道："你最好还是上天堂去吧，尘世中已经没有值得你获取的东西了。"于是，迪亚格罗当场带着幸福的微笑逝去了。

被授予桂冠后，冠军们将被护送着前往参加由裁判们主持的私人宴会。宴会在庄严的市政大厅中举办，这里是奥运会的管理中心，处处渗透着传统的意味：大厅的一侧燃烧着不灭的圣火；另一侧陈列着奥林匹克竞赛的文献，其时间可以回溯到公元前776年；所有墙壁上都摆放着著名赛事留下的奇异的纪念品，如铁饼、标枪、以及英雄们带过的手套。宴会是为这些最近乎神的胜利者们而举行，以往的获胜者也应邀出席。新的胜利者们带着冷淡的目光坐在这些显赫的宾客当中，考虑着自己的未来。谦逊绝不是古代的美德，他们野心勃勃的得意于自己的前途。

财富之路

啊，不朽的甜美感受。每一位奥林匹克冠军都知道，他们的名字将被保存在记录中代代相传，贯穿于整个已知世界，远胜于国王和当今总统之名。奥林匹亚将摆放他们的胜利雕像——也可能为他们谱写颂歌。此外还有实质性的奖励。官方的奖品只是橄榄枝桂冠，但品达在诗中描述一名冠军可以保证"舒舒服服欢度余生"，这是毫不夸张的。从经济方面来看，他们是成功者。他们随狂欢的游行队伍荣归故里，乘坐四匹马拉的战车进入城门，崇拜者们将赠予他们大量的礼物——金钱、终生为他供应香油、正式宴会的邀请、剧院的头等座席、免除税金、别墅、养老金等等。公元前416年，在西西里城市阿格里真顿，欣喜若狂的长老们为奥林匹克胜利者举行了由300辆战车组成的庆祝游行，每一辆战车都配有四匹白马。自豪的城市将运动员的名字用镀金的字母雕刻于神庙之中，或将他们的侧面像铸造在钱币上。几年下来，冠军们仅靠出席地方性的运动会就可以获取大量的财富，简直就成了摇钱树一般。公元二世纪，小亚细亚的一座小城令人震惊地付给一名奥林匹克拳击手一场比赛三万德拉克马（古希腊银币）(这大约相当于一名罗马士兵年薪的一百倍)；而另一个城市仅仅为了让一名著名角斗士在他们的节日中露面，就付给他50枚银币。

但是，怎能仅仅满足于金钱？奥林匹亚是转变职业的绝佳跳板，冠军获得者很容易就能成为裁判、司仪、大使。公元前416年，在赢得了战车比赛之后，阿尔基比亚德得到了他梦寐以求的入侵西西里的军事指挥权。萨索斯岛的杰出人物席欧金尼斯成为了政治家，声称自己是“赫拉克勒斯之子”；在罗马时期，一个名为马可·奥勒留·阿斯克雷庇阿德(Marcus Aurelius Asclepiades)的人当上了雅典的元老院议员。其他胜利者也都相应的成为了皇帝的私人教练。

相对于胜利者财富骤升，失败者的前途极为严酷：在奥运会第五天，当他们一觉醒来，已经沦为可耻的失败者。优秀的运动员精神在古希腊是淡漠的。这里没有亚军，没有激烈角逐后的握手。当冠军们被欢快的人群宴请的同时，其他屈辱的运动员们悄然地离开奥林匹亚，“为自己的不幸而痛苦，躲避着自己的敌人，沿小路偷偷摸摸地回到母亲的身边。”品达如此描述。与胜利者不同，他们的归来“没有甜美的欢笑和快乐的欢呼”，只有羞耻、困窘和公众的嘲笑。《牛津古典词典》对这些失败的运动员作了简明的注释，“失败所引发的沮丧和精神疾病似乎极为严重。”

也许最痛苦的失败者当属拳击手克雷迈德斯，他在公元前492年的竞赛中被剥夺了比赛资格，“由于悲痛而发狂”。在他返回故乡阿斯蒂帕拉亚岛时，袭击了一所学校的校舍，摧毁了一根柱子，造成屋顶倒塌，将60名男孩困在里面。愤怒的市民驱赶克雷迈德斯向他投掷石块，但他躲进了雅典娜神庙的木箱中。当市民们砸烂木箱，他却消失了。万分惊奇的市民们向德尔斐的先知请教，先知告诉他们发疯的拳击手“已非凡人。”“由此，”历史学家包萨尼雅斯评论，“阿斯蒂帕拉亚人将克雷迈德斯奉为英雄。”

宴会后的狂欢

冠军们可能已经乘坐镀金的战车离开了，但普通的运动爱好者们却不是那么容易就能回家。和当今很多大型赛事结束后一样，奥林匹亚乱成一团，一大群人拥堵在路上，为仅剩的交通工具争吵不休。然而，有些人自愿的留下来——派对动物们拒绝结束狂欢。泰安那的阿波罗尼俄斯持续狂欢了40个日夜，直到他和他的随从连回家的钱都花光了。他的同伴非常羞愧，而阿波罗尼俄斯却径直的大步走进宙斯神殿，索要一千德拉马克，“如果你们认为宙斯不会发怒的话。”司仪慷慨地回答说，只有一件事会令宙斯发怒，那就是阿波罗尼俄斯没有得到比他所要求的更多的钱。给人的感觉是他们急于摆脱他。

犬儒主义哲学家柏尔格利纳斯在公元165年，选择了在节日期间，以及沉迷于节日气氛的观众，作为他公开自焚的理想时机。他在奥运会期间宣告自己的意图，称自己深受印度婆罗门传说及对世俗价值的蔑视的启发。卢西安刻薄地讥嘲柏尔格利纳斯是一个“公然发疯的蠢货”——“我可不想看到他再次半生不熟的跳出来。”另一位评论家嘲笑道——但仍然加入好奇的人群半夜起床步行两英里前去观看这次月下的自杀行为。当年迈的哲学家身着褴褛的乞丐服走向柴堆时，部分观众肃然起敬，其余人则嘲笑这些观众，还有人醉醺醺的唱着赞美诗，“继续！”面色苍白的柏尔格利纳斯将香料投入火中，呼喊着 “神啊我的母亲！神啊我的火焰！请对我仁慈！”随后跳入火中。

卢西安仍然不为所动——“我抑制不住地哄笑。”他说，几乎激怒了柏尔格利纳斯的拥护者——但是柏尔格利纳斯却在奥林匹克的历史中占据了一席之地。

作为最后离开的流浪者，来自厄利斯的工人小心翼翼地围着荒芜的竞技场和神庙，如蚂蚁般搜寻着，利用他们在奥运会之前挖好的井填埋垃圾。而其余的垃圾，包括木制货摊和观众住宿的棚屋，都被烧毁了。

熊熊火光冒出的浓烟，混杂着夏日最后一波热浪。我们可以想像，一股清风吹过阿卡迪亚峡谷；拂过橄榄树林和岩石林立的荒野，牧羊人在荒野中凝视着他的羊群；飘过神庙和峭壁、白色的海滩和蓝色的海沟；在希腊北部奥林匹斯山灰暗的花岗岩石柱间回旋。而诸神，在他们的神殿内，露出满意的微笑。

冠军和观众们返回了遥远的家乡，但是季节、节日和世代的钟摆，仍然规律地摆动着。

厄利斯的组织者们深深地吸了一口气——开始计划下一次的奥林匹克竞赛。

附录一

时间线索

古希腊的故事同西方文明一样，与奥林匹克的历史存在着密不可分的关系。在其1200年的历史当中，奥运会经历了许多起起伏伏，但从未被取消。相反的，现代奥运会却在复兴后，因为战争原因，于1916年、1940年和1944年三次停办。

远古时期

(公元前约2500年～公元前776年)

公元前约2500年——奥林匹亚地区第一次有人类定居。

公元前约1280年——特洛伊战争约在此时爆发。

公元前约1100年——奥林匹亚成为祭祀大地女神该亚的场所，当地居民举办有关农业和丰产的节日。

公元前约1000年——由于宙斯神谕可以预示战争结果，奥林匹亚产生对宙斯的崇拜；节日上偶尔举办一些体育比赛。

公元前约900～800年——城邦开始大量出现，每个独立的城市由不同形式的政府统治——有暴君政体、寡头政体，也有民主政体。

古代时期

(公元前776年～公元前479年)

公元前776年——厄利斯国王根据德尔斐神喻的指示，宣告了第一届奥运会的

召开；举行这个盛会，是为了安抚众神，并抗击当时肆虐希腊的瘟疫。赛跑是当时惟一的项目，由厄利斯的厨师克洛伊布斯拔得头筹。（希腊编年史学家希比亚斯记载下公元前776年的时间；考古学家认为奥运会可能于稍早的时间召开。）

公元前约750年——荷马写出《伊利亚特》与《奥德赛》。

公元前570年——厄利斯城取得了对奥林匹亚圣地的控制权。（与它同时竞争的还有附近的比萨人）。奥运会增加了项目。

公元前508年——雅典民主共和国成立，这是由男性公民直接参与所有政府决策和刑事审判的一项激进实验。结果产生了混乱而极富创造力的公民生活。

公元前490年——希腊第一次遭到国王大流士率领的波斯人入侵。在实力相差悬殊的情况下，希腊人以少胜多，在马拉松战役上取得了胜利。在此阶段，奥林匹亚只是一个偏远的边陲小镇，只有一座庙宇，同时供奉宙斯和赫拉，还有少数几个祭坛；体育赛事在露天场地和一个简陋的体育场举行。

公元前480年——波斯国王泽克西斯（Xerxes I）对希腊发起了第二次侵略战争。尽管大敌当前，希腊还是继续举办奥运会。雅典沦陷了，雅典卫城被付之一炬——但出人意料的是，波斯人在萨拉米斯海战中，负于希腊联军。

公元前479年——在普陆地战役中，波斯军队被迫撤出欧洲。

古典主义时期

（公元前479年～公元前323年）

公元前476年——希腊自由庆典与奥运会同时举行，加强了奥运会的声望。奥林匹亚开始大兴土木（其中包括，公元前459年建成了宏大的新宙斯神庙；体育场重新进行设计；公元前约420年，菲迪亚斯创造了宙斯神像）。

公元前447年——雅典帕台农神庙开工，这是波利克里兹（Pericles）在黄金时代的加冕之作。雅典人的艺术热忱——他们热爱美术，戏剧，科学和哲学——开启了黄金时代，而日渐强大的雅典海上帝国所收受的进贡为此提供了资金。

公元前431年——伯罗奔尼撒半岛战争开始，雅典人和斯巴达人成为主要对手。希腊开始自相残杀。

公元前404年——雅典人投降。

公元前399年——苏格拉底自杀。

公元前364年——奥林匹亚卷入希腊内战；厄利斯人和阿卡迪亚人在奥运会

进行期间，在圣地进行了激战。

公元前338年——在国王菲利普的率领下，克罗尼亚战役后，马其顿人占领了希腊，结束了希腊城邦的独立统治。

公元前334年——菲利普国王的儿子亚历山大大帝，开始了征服东方的战役，将希腊统治推进到了印度边缘。

公元前323年——在一次醉醺醺的欢宴之后，亚历山大死在巴比伦。

希腊时代

(公元前323年～公元前31年)

公元前323年——亚历山大帝国土崩瓦解，成为由几个希腊将军统治的小国；托勒密作为讲希腊语的法老，统治埃及。

公元前229年——罗马人第一次入侵希腊。

公元前146年——希腊人对罗马统治的反抗被粉碎；科林斯城被夷为平地；所有男性公民被斩首，妇女和儿童沦为奴隶。

公元前144年——尽管已经改朝换代，奥运会仍然继续举行。

公元前80年——罗马将军苏拉在希腊境内发生的内战中，对奥林匹亚大肆劫掠；此间，罗马大军的铁蹄一次次踏遍希腊的土地，希腊处于低潮时期。

公元前31年——希腊西海岸的亚克兴角战役打响：渥大维，即后来的奥古斯都皇帝，一举打败了马克·安东尼和克娄帕特拉，结束了罗马的内战。

罗马帝国时代

公元前27年——渥大维封自己为“第一公民”(princeps)，并改称号为奥古斯都。一个和平繁荣的崭新时代开始了。随着希腊文化更迅速地扩展到整个罗马帝国，运动会也传入了意大利。(贺拉斯曾对此有过著名的评论——“被占领的希腊征服了其野蛮的占领者”)。

公元66年——尼禄皇帝到访希腊；公元67年，尼禄参加了奥运会上的比赛，将诗歌朗诵加入到赛程当中。

公元约100年——奥运会迎来了第二个黄金时代，包括罗马皇帝哈德良在内的许多君主，对奥林匹亚赏赐丰厚，并在此地大兴土木；公元150年，该地甚至还建成了第一个供水系统，结束了观众长达数世纪的饮水问题。

众神遗弃了奥林匹亚

公元267年——俄罗斯南部的野蛮种族赫鲁利，入侵了希腊伯罗奔尼撒半岛；厄利斯人在圣林建起了一道围墙，保卫圣地。

公元312年——君士坦丁大帝将基督教定为罗马帝国的国教；随着异教信仰的衰落，奥林匹亚的声望也迅速衰败了。

公元365年——有记载的最后一名古代奥运冠军是亚美尼亚的瓦拉斯坦茨(Varazdates)，他在第291届奥运会中赢得了拳击比赛。

公元393年——最后一届（第293届）正式的古代奥运会举行。冠军们的名字已经失传。

公元394年——罗马皇帝狄奥多西一世禁止了所有异教节日。奥运会被正式取消——尽管考古学家目前认为，奥运会仍以某种形式，也许是在基督教的伪装下，继续进行。菲迪亚斯的宙斯神像被移送到君士坦丁堡，放置在皇帝的宫殿里展示。

公元426年——宙斯神庙在狄奥多西二世的命令下付之一炬。狂热的基督教徒摧毁了圣地的其它部分。

公元475年——君士坦丁堡的宫殿大火摧毁了宙斯神像。

公元522年——一次破坏力巨大的地震袭击了奥林匹亚。在接下来的几个世纪中，阿尔斐斯河和哥罗底亚斯河定期发水，将奥林匹亚葬于15～20英尺的黄色河泥之下。

附录二

赛程安排

古代奥运会最开始的赛程安排非常成功，自从公元前约470年奥运会的主要轮廓确定下来后，赛程就基本没怎么改变。曾经有过几次运气不佳的实验，但是赛程安排大致上保持了一致，在这个被征服、瘟疫、外来宗教和贪婪帝国不断改变的世界中，希腊传统的灯塔却屹立不倒。历史学家们还在为细节争论不休时，他们已经就五天的基本赛程安排达成了共识：

第一天

■ 上午

◇开幕式：运动员，教练和奥运会裁判在宙斯像前宣誓。

◇祭司和号角手们在回音廊举行比赛。

◇运动员在场上的一个祭坛中各自献上供品，请求神谕。

■ 下午

◇艺术爱好者的自由活动时间，可游览周四的圣林，欣赏希腊最壮观的圣殿和画作收藏。

◇文学盛典：诗人背诵诗作，哲学家阐释思想，历史学家展示其新的作品。

◇在狂欢节般的节日气氛中，有启迪性的活动减少。

第二天

■ 上午

◇马上项目：在跑马场举行战车赛和赛马。深受欢迎的四马战车赛拉开了盛会的序幕，接下来是无鞍赛马。公元前408年，增加了两马战车赛，之后又增加了四匹小雄马战车赛（公元前384年），两匹小雄马战车赛（公元前268年）和无鞍小雄马驹比赛（公元前256年）。

■ 下午

◇在体育场内举行五项全能，这是全能运动员参加的一项严酷比赛，包括铁饼、标枪、跳远、赛跑和摔跤。

■ 傍晚

◇在圣林中的英雄佩罗普斯的墓前为他举行葬礼。

◇庆祝活动：庆功游行、圣歌合唱和冠军的庆功宴。

第三天

■ 上午

◇正值满月，举行奥运会的主要宗教仪式：举行一场去宙斯伟大祭坛的官方游行，然后用一百头牛献祭。

■ 下午

◇少年男子项目（摔跤、赛跑和拳击；公元前200年后增加了搏击项目）。

■ 傍晚

◇牲礼肉的公共宴会。

第四天

■ 上午

◇赛跑：200米、400米和3600米。

■ 下午

◇对抗性项目：摔跤、拳击和搏击。

■ 傍晚

◇武装赛跑。

第五天

闭幕式：花冠颁奖；庆功游行；向冠军们撒叶子。冠军们和官员们参加的名人宴会，然后是普通庆祝活动。

附录三

希腊众神

Achilles，阿喀琉斯

希腊密耳弥多涅斯人的国王珀琉斯和海神的女儿西蒂斯所生的儿子。阿基里斯呱呱坠地以后，母亲想使儿子健壮永生，把他放在火里锻炼，又捏着他的脚踵倒浸在冥河(Styx)圣水里浸泡。因此阿基里斯浑身刀枪不入，只有脚踵部位被母亲的手捏住，没有沾到冥河圣水，成为他的惟一要害。后来，太阳神阿波罗把阿基里斯的弱点告诉了特洛伊王子帕里斯，阿基里斯终于被帕里斯诱到城门口，用暗箭射中他的脚踵，负伤而死。

Aphrodite，阿芙罗狄忒

阿芙罗狄忒是希腊奥林珀斯12主神之一，罗马名字维纳斯，九大行星中的金星。阿芙罗狄忒是宙斯与狄俄涅所生的女神，但有另一说法说她是由天神乌拉诺斯的遗体所生，在海中的泡沫诞生。阿芙罗狄忒象征爱情与女性的美丽，她有古希腊最完美的身段和样貌，一直被认为是女性体格美的最高象征。阿芙罗狄忒的美丽，使众女神羡慕，也使众天神都追求她，甚至她的父亲宙斯也追求过她，但是阿芙罗狄忒却爱上战神阿瑞斯，并和阿瑞斯结合生下几个儿女，其中包括小爱神厄洛斯。

Apollo，阿波罗

太阳神阿波罗是希腊奥林匹斯12主神之一，是宙斯与黑暗女神勒托(Leto)的儿子，阿耳忒弥斯的孪生兄弟。阿波罗又名福波斯(Phoebus)，意思是“光明”或“光辉灿烂”。阿波罗是光明之神，在阿波罗身上找不到黑暗，他从不说谎，

光明磊落，所以他也称真理之神。阿波罗很擅长弹奏七弦琴，美妙的旋律有如天籁；阿波罗又精通箭术，他的箭百发百中，从未射失；阿波罗也是医药之神，把医术传给人们；而且由于他聪明，通晓世事，所以他也是寓言之神。阿波罗掌管音乐、医药、艺术、寓言，是希腊神话中最多才多艺，也是最美最英俊的神祇，阿波罗同时是男性美的典型。

Ares，阿瑞斯

阿瑞斯是希腊奥林珀斯12主神之一，罗马名字玛尔斯，九大行星中的火星。他是宙斯与赫拉的儿子。他司职战争，形象英俊，性格强暴好斗，十分喜欢打仗，而且勇猛顽强，是力量与权力的象征，好斗与屠杀的战神。但他同时是嗜杀、血腥和人类祸灾的化身。

Athena，雅典娜

雅典娜是希腊奥林匹斯12主神之一，传说是宙斯与聪慧女神墨提斯(Metis)所生，因有预言说墨提斯所生的儿女会推翻宙斯，宙斯遂将她整个吞入腹中，谁知头痛不已，在忍无可忍下召来赫淮斯托斯，劈开头颅，从宙斯的脑里跳出来的是一位全身甲胄，挺举金矛的女神，她就是雅典娜。雅典娜是处女神，具有威力与聪慧，为宙斯最宠爱的女儿。雅典娜是希腊人，特别是雅典人，最崇拜的女神，雅典城的名字就是用女神的名字命名的，而且亦是她专有的城市。她传授希腊人纺纱、织布、造船、冶金和炼铁等各种技能，还发明犁耙，驯服牛羊，因此她也是农业与园艺的保护神。她还是法律和秩序的保护神。

Atlas，阿特拉斯

阿特拉斯是希腊神话中的巨神，以肩膀扛顶着天。他是普罗米修斯的兄弟，后来也引申为能担负重责大任的人，有人也因之称他为宇宙神。

Demeter，得墨忒耳

得墨忒耳是希腊奥林珀斯 12 主神之一，罗马名字克瑞斯(Ceres)。她是宙斯的姐姐，掌管农业的女神，给予大地生机，教授人类耕种，她也是正义女神。她与宙斯生下珀耳塞福涅(Persephone)，珀耳塞福涅后来被得墨忒耳的哥哥哈得斯抢去做了冥后。因为失去女儿，她无心过问耕耘，令大地失去生机，直至宙斯

出面，令她们母女可以重逢，大地才得以重生。每年的冬天就是她与女儿团聚的日子，她放下工作陪伴女儿，令这段时间不宜耕作。

Dionysus，狄俄尼索斯

狄俄尼索斯，罗马名字巴克科斯(Bacchus)。他是宙斯与凡人公主塞墨勒(Semele)所生的儿子，宙斯从烧死的塞墨勒身体中将他救出，他是酒神，也是欢乐之神。他发明种植葡萄和酿制美酒，他到处游荡并到处传播这种知识，带给人们饮酒的欢乐，因此人们尊奉他为酒神，而每年希腊都有酒神祭庆祝。

Eros，厄洛斯

厄洛斯诞生于希腊神话，是美丽女神阿芙罗狄忒之子，据赫西俄德的《神谱》记载，爱神厄洛斯是最早人格化的神，他是不朽诸神中最美丽的一位，在所有神和所有人的怀抱中舒展肢体，降低他们的理性和智谋，使宇宙充满生殖繁衍的力量。

Gaea，该亚

该亚又称大地之母，是希腊神话中最早出现的神，在开天辟地时，由混沌(Chaos)所生。该亚生了天空，天神乌拉诺斯，并与他结合生了六男六女，12个泰坦巨神及三个独巨神和三个百臂巨神，是世界的开始。

Hera，赫拉

赫拉是希腊奥林珀斯12主神之一，罗马名字朱诺(Juno)，她是宙斯的姐姐，在宙斯取得统治权后成为宙斯妻子，与宙斯结合生下战神阿瑞斯(Ares)、火与工匠之神赫淮斯托斯(Hephaestus)和青春女神赫柏(Hebe)。赫拉是掌管婚姻的女神，是生育及婚姻的保护者，她代表女性的美德和尊严。赫拉生性善妒，对于宙斯婚后的外遇很不满，常利用各种手段打击丈夫的情妇和他的私生子。她曾经将宙斯的情妇卡利斯忒和她的儿子变成熊，在赫拉克勒斯出生时阻碍他，之后又令他发疯，杀死妻儿，并要完成12项劳动赎罪。

Hermes，赫尔墨斯

赫耳墨斯是希腊奥林珀斯12主神之一，罗马名字墨丘利(Mercury)，九大行星中的水星。他是宙斯与女神迈亚(Maia)所生的儿子，在奥林匹斯山担任宙斯和诸神的使者和传译，又是司畜牧、商业、交通旅游和体育的神。他是宙斯的随从，牧童和游子之神。他是位兼具才华和魅力的神，常带着恶作剧般的微笑，行动迅速，是众神中最忙碌的一个，他行走敏捷，精力充沛，多才多艺。

Hestia，赫斯提亚

赫斯提亚是希腊奥林珀斯12主神之一，罗马名字维斯塔(Vesta)。她是宙斯的姐姐，掌万民的家事。在希腊神话中，并没有显着的个性。她是位贞洁处女女神。

Kronos，克洛诺斯

克洛诺斯是古希腊原始神灵的统治者，也是宙斯的父亲，他在希腊神话中的地位相当于萨顿(Saturn)在罗马神话中的地位，它代表各个方面的权威，大到国家，小到家庭，以及任何同“优越”、“至高点”相关的事物。同时，它也代表独立(如当老板)、养育(如成为一家之主)、以及成功。

Nike，耐吉

耐吉的形象是长着一对翅膀，身材健美，像从天徜徉而下，披挂单臂的衣服，露了一个乳房，衣袂飘然。她是胜利之神，所到之处，胜利也紧随而来。

Pan，潘

潘是半人半兽神，头上长着一对山羊角，下半身长着一条羊尾巴与两条羊腿。他是神使赫耳墨斯的儿子，是爱喧闹和喜乐的神。一切荒野、丛林、森林、群山都是他的故乡，他是牧神也是山林之神。潘也是一位出色的音乐家，用芦笛吹奏出美妙的曲子，经常吸引山林中的仙女倾听。潘虽然是出色的音乐家，但由于他的外貌，他所追求的每一位仙女都逃避他，常常造成悲剧，而潘所吹奏的音乐亦比阿波罗的七弦琴逊色得多。

Poseidon，波塞冬

波塞冬是希腊奥林匹斯12主神之一，他是宙斯的哥哥，地位仅次于宙斯。他的罗马名字是涅普顿(Neptune)，九大行星中的海王星。他与宙斯一同战胜了父亲克洛斯之后，一同分割世界，他负责掌管海洋，以三叉戟主宰水域，在水上拥有无上的权威，是大地的动摇者。他能呼唤或平息暴风雨，轻易地令任何船只粉碎。波塞冬曾经与雅典娜争夺雅典，可惜最后还是败给雅典娜。一怒之下，他曾经用洪水淹没雅典。在争夺雅典时，他变出第一匹马，所以他也是马匹的保护神。

Prometheus，普罗米修斯

普罗米修斯是创造人类和造福人类的伟大天神。他的弟弟厄庇米修斯的帮助，按照神的形象用泥和水创造出人类，并赋予人以生命，他又违抗宙斯的禁令，使人间有了火。还把各种技艺、知识传播给人类，使人类得到文明。他因此而触怒宙斯，被牢牢地钉在高加索山顶的峭上，每天有一只大鹰来啄食他的肝脏，到夜晚肝脏又长出来，恢复原形。普米修斯这样受折磨达三万年之久，他忍受一切痛苦，始终没有屈服，后来被赫拉克勒斯所救。

Rhea，瑞亚

瑞亚是地神该亚与天神乌拉诺斯所生泰坦巨神之一。后与天神克洛诺斯结合，是宙斯、波塞冬、哈得斯、赫拉、得墨忒耳和赫斯提亚的母亲。

Zeus，宙斯

宙斯是希腊奥林匹斯12主神之一，他是众神之王，至高无上的主神天神，宙斯为天神克洛诺斯与瑞亚所生的最小的儿子，他与哥哥姐姐一起，同他们的父亲开战。经过十年战争，在祖母大地女神该亚的帮助下战胜了父亲，将其送押到大地的最底层。从此宙斯成为统治宇宙的统治者。

alphabooks 正源

正源博物会员阅读分享卡

正源博物
万有文库

正源博物文库介绍

博物学是人类最古老的、也是最有生命力的科学。它是在人类与自然的直接交往和对话中产生的，是人类与外部世界打交道的最基本方式。博物学是研究万物的，并且研究每个事物（活物与静物）背后的故事与意涵。博物学也是艺术，是人与自然和谐共处的艺术。如果想与大自然有亲密的接触，就必须掌握能与大自然对话的语言。而博物学正是自然万物能够听得懂的语言。自然界有万物，读者们当然应该拥有正源博物文库。

认识万物，从正源博物文库开始！

姓　　名：＿＿＿＿＿＿＿＿＿＿　电子信箱：＿＿＿＿＿＿＿＿＿＿

通讯地址：＿＿＿＿＿＿＿＿＿＿　邮　　编：＿＿＿＿＿＿＿＿＿＿

1、本书吸引您购买的原因是：

☐封面设计　☐书名　☐内容题材　☐作者　☐其他

2、您从何处知道本书：

☐书店　☐广告　☐书评　☐朋友推荐　☐其他

3、您喜欢阅读的书：

☐博物学　☐艺术　☐财经　☐文学　☐小说　☐励志　☐其他

4、您认为该书的可读性如何？

☐强　☐一般

5、您认为该书的定价与提供的内容和质量是否能满足您的需要？

☐能，正合适　☐还不够丰富　☐其他

6、您的职业：

☐科研　☐教育　☐企业　☐服务　☐学生　☐其他

7、您的教育程度：

☐硕士（及以上）　☐大学　☐高中（及以下）

8、您 ☐希望 ☐不希望收到正源博物会员俱乐部的电子书讯

9. 您对如何改进正源博物文库有何建议？

10. 您有何选题推荐给正源博物文库？

亲爱的读者：非常感谢您能够填完以上问题，您对我们的建议和鼓励，会使我们更加精益求精，我们也希望正源博物文库能够一直陪伴着您，成为您最好的朋友。

请用中文正楷填写完并寄回以下地址：

北京市朝阳区农展馆南路朝阳网球俱乐部东座三层 正源图书公司　　邮编：100026